매일매일
즐거운 일이 가득

일본의 '마사 스튜어트' 구리하라 하루미가 일상에서 찾아낸 행복 이야기

매일매일
즐거운 일이 가득

구리하라 하루미 지음 | **이은정** 옮김

ìndıgo
Story and mate

차례

평범한 물건에 깃든 특별한 기억…

따뜻한 음식에 담긴 행복의 맛…

어깨에 힘을 빼고 담백하게 인생을 즐겨보세요

여태껏 나이를 의식한 적이 없었습니다. 그런데 작년에 모 방송 국에서 저에 관해 오랜 시간 동안 취재한 것을 계기로 제 인생을 돌아보게 되었습니다.

생각지도 못했던 요리연구가의 길로 접어들어 정신없이 앞만 보고 달려온 지도 어언 30여 년. 눈코 뜰 새 없이 바쁘게 살아온 터여서 미처 자신을 돌아볼 여유가 없었습니다. 그러던 어느 날 갑자기 불안감이 엄습했습니다. '지난 세월 동안에 소중한 것을 잃고 살아온 건 아닐까?' 이런 생각과 더불어 앞으로 어떤 일이 다가올지 몰라 불안감에 휩싸이기도 합니다.

참 열심히 살아온 지난 세월, 그것만으로 위안을 삼아도 될까? 문득 자신이 없어지기도 합니다.

사람이란 참 이상합니다. 따뜻한 눈길로 지켜봐주고 아낌없이 도와주는 가족들과 친구들이 있는데도 이렇게 고민할 때는 한없이 외로워지네요. 하지만 제 삶을 돌아보니 그저 쫓기듯 보낸 일상생활 속에서도 즐거움이 존재했습니다. 또 새로운 아이디어를 떠올리면서 기쁘고 활기차게 살아왔다는 뿌듯함도 있었습니다.

지금까지는 열심히 살기 위해서 '뭐든지 즐겁게 해야지.' 하며 나를 다그쳐왔습니다. 그러나 이제는 어깨의 힘을 빼고 솔직하게 삶을 즐기고 싶습니다. 이 책에는 즐겁고 사랑스럽고 또 저를 두근거리게 하는 것들을 담았습니다. 이 모든 것들이 저를 행복한 인생으로 인도해 줄 것이라고 믿습니다.

곧 꽃망울을 터뜨릴 것 같은 정원을 흐뭇하게 바라보며 정성껏 차를 끓입니다. 그리고 마음에 드는 청바지 차림에 운동화를 신고 산책을 하는 소소한 일상 속에서 행복을 만끽합니다.

일상에서 찾은 소소한 기쁨

녹색 문을 열면 나오는 나만의 공간

'파리지앵이 꾸미는 아이의 방처럼 즐겁고 귀엽고 호기심이 가득한 공간으로 만들자.'

이것이 제가 일하는 방의 콘셉트입니다. 이 방은 부엌 안쪽에 있습니다. 작지만 제가 좋아하는 것들로 가득 차 있는 '나만의 공간'이죠. 피곤할 때 쉴 수 있는 캠핑용 접이식 침대와 영어 공부를 하거나 원고를 쓸 때 사용하는 빨간색 목제 테이블, 음악을 듣거나 영화를 볼 때 사용하는 플레이어도 있습니다. 창틀은 향이 좋은 캔들로 장식했고요. 맞아요, 이 방은 힐링을 위한 장소랍니다.

일하는 방의 한쪽 면에 녹색 문이 있습니다. 이 문은 뭘까요? 다른 방으로 이어지는 비밀통로일까요? 실은 소중한 것을 넣어두는 보물상자랍니다. 어린 여자아이의 비밀상자 같은 거죠. 녹색 문을 열면 맛있는 차와 간식을 넣어두는 선반, 읽고 싶은 책을 꽂아두

마음의 힐링을 할 수 있는 '나만의 공간'을 가진다는 것,
그 자체만으로 행복이 아닐까요?

는 선반, 선물용 선반 등으로 나뉘어 있습니다. 선물용 선반이 뭐냐고요? 친구들에게 선물로 해야겠다 싶은 마음에 드는 것들을 모아놓은 선반이랍니다. 여행지에서 산 맛있는 홍차, 향이 좋은 비누, 귀여운 나무숟가락까지. 그저 바라보기만 해도 흐뭇한 미소가 떠오르는 공간이죠.

사실은 말이죠, 녹색 문을 누군가에게 공개한 건 이번이 처음이랍니다. 누추하지만 마음을 힐링할 수 있는 '나만의 공간'을 가진다는 것, 그 자체만으로 행복이 아닐까요?

녹색 문을 열면 제가 좋아하는 것으로 가득 차 있는 별세계가 나옵니다. 큰 바구니에는 소파와 의자 천갈이할 때 사용할 천을 넣어두었고요. 차와 간식 선반에는 일인용 주전자와 컵, 컵받침, 코스터가 있고, 또 다른 선반에는 저만의 필수품인 마사지 도구가 있습니다.

어머니에게 배운 기분 좋은 청소법

　어렸을 때 저는 어머니의 걸레 청소를 자주 도왔습니다. 물기를 꽉 짠 걸레를 바구니에 넣어서 집 안으로 들어갑니다. 그리고 나무로 된 쪽마루와 복도를 이 끝에서 저 끝까지 왔다 갔다 하면서 열심히 닦습니다. 어머니는 "한쪽 방향으로 쭉 닦는 거란다. 저쪽 끝에 도착하면 걸레를 접어서 다시 이쪽으로 닦으면서 돌아오는 거야."라고 꼼꼼하게 가르쳐주셨습니다.

　양손으로 걸레를 꽉 누르고 바닥의 결을 따라서 닦습니다. 복도 끝까지 가면 걸레를 접어서 깨끗한 면이 밑으로 오도록 한 다음 닦으면서 원래 있던 자리로 돌아옵니다. 성질이 급한 어머니의 표정을 살피면서 저는 열심히 닦습니다. 바구니에 가득 담긴 걸레를 다 쓰면 정원에 있는 수돗가로 가서 대야에 물을 받습니다. 그리고 걸레에 비누칠을 한 다음 빨래판에 대고 빡빡 문지르며 빱니

다. 걸레에서 향기가 날 때까지 빨지요. 그리고 물기를 꼭 짠 뒤에 탁탁 털어서 양 끝을 잡아 팽팽하게 펴고는 빨래 건조대에 보기 좋게 나란히 넙니다. 햇살을 받아서 잘 마른 걸레를 접을 때의 기분이 얼마나 상쾌한지 아마 맛보지 않은 사람은 모를 거예요. 제가 세탁을 좋아하는 이유는 아마도 어머니로부터 걸레 빨기를 배웠기 때문인지도 모릅니다.

어머니는 집안일을 하면서 짬이 날 때마다 선물로 받은 수건으로 걸레를 만드셨습니다. 이제는 저도 색실로 스티치를 하거나 아플리케(바탕천 위에 다른 천이나 레이스를 여러 가지 모양으로 오려 붙이고 그 둘레를 실로 꿰매는 수예─옮긴이)를 달면서 귀여운 걸레를 만들고 있습니다. 이렇게 짬짬이 걸레를 만드는 게 무척 즐겁거든요.

처음부터 다시 시작하기

정신없이 보낸 하루가 일단락되는 오후 6시경. 저는 저녁 준비를 하기 전에 좋아하는 와인 잔으로 차갑게 식힌 화이트 와인을 가볍게 한잔합니다. 이 와인 타임은 요리연구가에서 아내로 변신하는 매우 중요한 순간입니다. 일터와 삶터가 같기 때문에 마음자세와 기분을 전환하는 작업이 꼭 필요하거든요.

전에 영어 공부를 하다가 'start over'라는 단어를 발견했습니다. 'start over'는 다시 시작한다는 의미인데요, 이 단어를 알게 된 순간 '어쩜 이렇게 멋진 말이 있을까!' 하고 감탄했습니다. 그래, 처음부터 다시 한다는 것은 끝을 내는 것이 아니라 새롭게 시작한다는 의미야! 마음에 쏙 드는 이 경이로운 발견에 얼마나 기뻤는지 가슴까지 두근거렸습니다. 기분 나쁜 일이 있어도 다음 날까지 질질 끌지 않고 기분을 새롭게 하거나, 반복되는 집안일과 요리를

감당하기 어려운 고민이 있으면
긍정적으로 생각하기 어렵습니다.
그래서 저는 머릿속에 '기분 나쁘고 싫은 일을
넣어두는 서랍'을 준비해서 서랍에 넣어둘 만한 일이 생기면
후다닥 집어넣고 탁 닫아버립니다.
제 자신을 믿고 앞으로 나아가기 위해서는
어쩔 수 없는 일이지요.

업그레이드하려고 아이디어를 구하거나, 초심으로 돌아가서 새로운 기분으로 시작하는 것 모두 제 활력의 원천입니다.

그중에서도 가장 중요한 것은 아무리 기분 나쁜 일이 일어나도 다음 날까지 질질 끌지 않는 것입니다. 감당하기 어려운 고민이 있으면 긍정적으로 생각하기 어렵습니다. 그래서 저는 머릿속에 '기분 나쁘고 싫은 일을 넣어두는 서랍'을 준비해서 서랍에 넣어둘 만한 일이 생기면 후다닥 집어넣고 탁 닫아버립니다. 제 자신을 믿고 앞으로 나아가기 위해서는 어쩔 수 없는 일이지요. 그러면 정말 거짓말처럼 'start over'가 딱 어울리는 순간들이 찾아옵니다.

향긋한 꽃이 주는 힐링

집 안에 늘 꽃을 두려고 신경을 씁니다. 꽃꽂이를 하는 것은 제 아침 일과 중 하나이죠. 정원 화단에 물을 주면서 예쁘게 핀 꽃과 초록색 잎을 땁니다. 그리고 집 안으로 가지고 들어와서 병에 꽂습니다. 이미 꽂혀 있던 꽃 중에서 상처가 난 꽃은 빼고 새로 따온 꽃을 넣어요. 이렇게 날마다 관리를 해야 꽃이 예쁘게 오래간답니다.

사실 꽃꽂이를 배운 게 아니라서 꽃꽂이 규칙 같은 건 잘 모릅니다. 그저 꽃의 자연스러운 모습을 살려서 그날 기분에 따라 장식할 따름이죠. 정원의 작은 꽃과 허브를 섞어서 투박하게 다발로 만들기도 하고, 수국과 장미, 달리아 등 봉오리가 큰 꽃은 멋 부리지 않고 한 송이만 슥 꽂기도 해요. 꽃꽂이를 할 때 꽃송이가 달린 부분이 부러지거나 떨어진 꽃도 버리지 않고 얇은 그릇이나 접시에 동동 띄워두면 멋스럽게 더 오랫동안 꽃을 즐길 수 있습니다.

씩씩하게 잘 핀 꽃은 그것을 꽂는 저도,
감상하는 사람도 함께 힐링시킵니다.
　　손님이 오지 않는 주말에는 오롯이 저 자신을 위해 꽃을 꽂으며
시간을 보내곤 해요.

씩씩하게 잘 핀 꽃은 그것을 꽂는 저도, 감상하는 사람도 함께 힐
링시킵니다.

　손님이 오지 않는 주말에는 오롯이 저 자신을 위해 꽃을 꽂으며
시간을 보내곤 해요.

음악이 주는 위로

음악은 제 생활에 없어서는 안 될 존재입니다. 까닭 없이 기분이 우울하거나, 엄청 피곤할 때도 좋아하는 음악을 들으면 파도치는 마음이 어느새 온화해져요. 신나는 음악을 들으면 기분이 한층 올라가죠.

평상시 자주 듣는 음악은 엘튼 존과 빌리 조엘, 웨스트라이프, 조지 마이클입니다. 그리고 퀸도 아주 좋아합니다. 스마트폰으로 다운받아서 여행지에서도 시간을 내서 듣는답니다. 그중에서도 엘튼 존은 1947년생으로 저랑 동갑이에요. 게다가 같은 3월생이기도 하죠. 이 사실을 알았을 때의 감격이란! 언젠가 엘튼 존을 만날 수 있다면 제 기분을 전달하고 싶습니다. "I've been studying English to see you(저는 당신을 만나고 싶어서 영어 공부를 했습니다)."라고 말이죠. 그날을 그리면서 더 열심히 영어 공부를 하고 있습니다.

까닭 없이 기분이 우울하거나,
엄청 피곤할 때도
좋아하는 음악을 들으면
파도치는 마음이 어느새 온화해져요.

지금처럼 음악과 친해진 건 결혼하고 나서였어요. 남편은 클래식을 아주 좋아해서 대학을 다닐 때는 유서 깊은 남성합창단 단원이기도 했습니다. 아이들도 아버지의 DNA를 받아서 그런지 정말로 노래를 좋아하고 또 잘합니다. 저는 잘하진 못하고 그저 열심일 뿐이지만요.

그러고 보니 아이들이 유치원에 다닐 때 '올스타 가족대항 노래경연대회'라는 텔레비전 프로그램에 가족이 모두 나가서 우승을 한 적이 있습니다(세상에, 그때 제가 가창상을 받았지 뭐예요!). 요즘도 집에서 자주 가족끼리 떠들썩하게 노래를 부릅니다. 남편은 지금도 학창 시절의 친구들이 놀러 오면 옛날처럼 사이좋게 합창을 즐깁니다. 혼자서든 누군가와 함께든 노래를 하면 얼굴에 자연스럽게 웃음꽃이 피어납니다. 여러분도 그렇지 않나요?

햇살 좋은 아침에 창문 닦기

남향으로 나 있는 거실의 큰 창으로 오늘도 눈부신 햇살이 들어오는군요. 정원에 핀 작은 꽃들과 우리 집에 놀러 온 새들의 귀여운 모습이 한눈에 들어옵니다. 이 집으로 이사 온 지 17년이 되었는데, 거의 아침마다 이 큰 창을 닦고 있습니다(비가 오는 날에는 창문 닦기를 쉬기도 하지만요). 그래서인지 "구리하라 씨 집의 창은 어떻게 그렇게 더러워지지가 않나요?"라고 집을 찾아온 손님들이 자주 묻곤 해요. 물론 더러워지죠. 항상 열심히 닦고 있을 뿐이에요.

사실은 말이에요, 이른 아침의 창문 닦기가 의무처럼 느껴져서 힘들었던 적도 있어요. 이사하고 얼마 되지 않았을 때입니다. 멈춰 서서 다 닦은 창문을 보고 있는데 멋진 햇살이 집 안으로 들어오더군요. 얼마나 집이 훨씬 밝고 아름답게 보이는지! 집 안이 온통 빛으로 흘러넘치더니 제 마음속까지 스며들어 오더군요. 반짝

이는 거실 창 너머로 정원의 꽃과 나무, 그리고 하늘, 구름, 새들이 보였어요. 마음을 담아서 거실의 창을 닦다 보니 계절과 자연이 더욱 가깝게 느껴졌습니다. 젊었을 때는 몰랐지만 창문 닦기는 그저 집안을 깔끔하게 하는 것뿐 아니라 마음을 풍요롭게 만드는 일이더군요.

여기에서 잠깐, 저만의 창문 닦기 비법을 소개합니다. 양동이에 뜨거운 물을 담고 걸레를 두 장 준비합니다. 세제는 사용하지 않습니다. 뜨거운 물에 담갔다 꽉 짠 걸레로 창 전체를 확실하게 닦습니다. 더러워지자마자 바로 닦으면 뜨거운 물만으로도 충분히 깨끗해집니다. 그러고 나서 마른 걸레로 닦습니다. 잡생각을 하지 않고 전신을 움직이며 닦으면 몸도 마음도 개운해진답니다.

우리 집 인기 스타 SADA

　우리 집 최고의 인기 스타는 SADA입니다. 올해로 열일곱 살이 되는 암컷 고양이에요. 취미는 잠자기와 먹기라고나 할까요. 새끼 고양이일 때 딸아이가 친구에게 받아온 걸 제가 SADA라고 이름을 붙였답니다. 첫눈에 딱 떠오른 이름이었죠. 집에 온 지 얼마 되지 않았을 때는 얼마나 장난꾸러기였는지, 집 안 곳곳을 발톱으로 긁어대고 테이블 위로 풀쩍 뛰어오르는 등 정신이 없었습니다. 하지만 귀여워서 모두에게 사랑받았지요. 사실 SADA가 오기 전에도 검정고양이 토라짱, 얼룩고양이 갸비 등 키우던 고양이들이 있었습니다. 남편이나 아이들이 어디에서 받아오거나 주워오면 보살피는 건 오로지 제 몫이죠. 뭐, 늘 있는 일이지만요.

　고양이의 열일곱 살은 사람 나이로 여든에서 아흔 정도입니다. 그래서인지 최근에는 장난도 치지 않고 거실 창가에 놓인 왜건 위

의 담요에 앉아서 하루 종일 푹 쉽니다. 좋아하는 왜건에 앉아서 는 높은 곳에서 주변을 살펴보기도 하는데, 따뜻한 햇살을 받아서 그런지 기분이 좋아 보입니다. 그러다가 맛있는 밥 냄새가 나면 벌떡 일어나서 식탁 주변의 수레로 살그머니 다가옵니다. SADA 는 참치 뱃살을 좋아하죠. 그 밖에도 생크림, 버터 토스트, 쿠키도 좋아하고 콘플레이크를 먹고 남은 달콤한 우유도 너무너무 좋아 합니다. SADA와 이야기를 하면 마음이 온화해집니다. 참고로 사 진은 모두 제가 찍은 거랍니다(물론 제가 나온 사진은 아니고요).

어때요, 귀엽죠?

깔끔한 민낯을 위한 2mm 크림

저는 자연 그대로의 민낯을 좋아해서 젊은 시절부터 화장은 물론이고 피부 관리도 거의 하지 않았습니다. 아침저녁으로 얼굴을 깨끗하게 씻는 정도라고 하면 모두 놀랍니다. 남들의 반응에 그게 뭐 대단한 일인가 싶어 오히려 제가 깜짝 놀랍니다. 하지만 50대 후반이 되어서 미용에 대해 잘 아는 친구에게 "얘, 너 피부는 완전 마른 스펀지야. 신경 좀 써!"라는 말을 들었습니다. 그 말을 듣고 설마 하는 마음에 거울을 봤습니다. 이게 웬일인가요? 지금껏 보이지 않던 기미와 주름이 자글자글한 게 아니겠어요! 바쁘다는 평계와 '나는 괜찮을 거야!'라는 정체불명의 자신감과 안도감이 만들어낸 결과였습니다.

그날부터 미용 관련 책을 읽거나 친구들이 괜찮다는 화장품을 사서 피부 관리를 시작했습니다. 물론 초심자니까 엄청난 시행착

오를 겪었죠. 원래 민낯으로 있는 것을 좋아하기 때문에 화장으로 커버하기보다는 가능한 한 깔끔한 민낯을 유지하는 것을 목표로 삼았습니다.

최근 몇 년 동안 아침저녁으로 실천하고 있는 것이 '2mm 2mm' 크림 바르기입니다. 세수를 하고 난 후 먼저 스킨을 충분히 바르고 미백 기능성 크림을 2mm 두께로 바릅니다(자로 잰 것은 아니지만 그 정도로 두껍게 바릅니다). 그대로 잠시 두어서 피부에 스며들게 합니다. 그러고 나서 다시 2mm 두께로 바른 다음 마사지를 합니다. 이 두 번의 2mm를 바를 때는 반드시 "기미야 사라져라!"라고 간절하게 주문을 읊조려야 합니다. 그리고 얼굴만이 아니라 목과 쇄골 주변의 가슴 부분까지 스킨과 크림을 듬뿍 발라줍니다. '2mm 2mm 크림' 덕분에 10년 전보다 피부가 훨씬 좋아져서 남몰래 흐뭇하게 생각한답니다.

감사의 마음, 소박한 선물

우리 집에는 손님이 많이 옵니다. 하지만 누가 온다고 해서 딱히 장식을 하지는 않습니다. 늘 있는 반찬을 정성껏 담고 테이블 세팅에 신경을 좀 쓰는 정도입니다. 친구들이 제가 모르는 사람들을 데리고 오는 일도 자주 있기 때문에 '평소 있는 그대로'가 가장 편하고 즐거운 모임을 만드는 비결이죠.

정식으로 손님 초대를 할 때만이 아니라 잠깐 놀러 온 친구들에게도 집에 돌아갈 때 놀러 와줘서 고맙다는 뜻으로 작은 선물을 합니다. 어떨 때는 직접 만든 쿠키를, 또 어떨 때는 녹색 문(12쪽)에 보관되어 있는 선물을 하죠. 작지만 감사의 마음을 전하기 위해 포장도 정성껏 합니다.

제가 일하는 방 한편에는 포장 코너가 있습니다. 선반 아래에 설치한 수납용 봉에는 포장지, 리본, 끈 종류를 끼워 놓습니다. 사

용할 만큼 돌돌 돌려서 꺼낼 수 있으니 아주 편리합니다. 걸어둔 바구니에는 종이봉투, 카드, 태그, 끈, 테이프, 가위 등 포장할 때 꼭 필요한 필수품이 들어 있습니다. 보이는 수납이므로 잊어버리고 사용하지 않는 경우도 없고, 무언가 선물을 할 때 이 코너에서 얼른 포장할 수 있어서 참 좋습니다.

저는 리본보다 끈을 좋아해서 포장을 할 때 끈을 자주 사용합니다. 예를 들면 예쁜 양말(요즘은 양말의 매력에 빠져 있답니다!)을 발견하면 한꺼번에 몇 켤레를 사서 그중 선물용으로 쓸 양말은 끈으로 둘둘 말아 리본으로 묶어둡니다. 이렇게 해두면 잊지 않고 바로 건네줄 수 있어서 편하거든요.

화장실은 또 하나의 방

우리 집 1층은 열린 공간으로 손님들이 많이 찾아오지만, 2층은 우리 부부만의 공간입니다. 2층 화장실은 욕실과 이어져 있고 문이 없습니다. 거실과의 경계선인 문도 늘 열어두고 있죠. 이렇게 화장실 문을 활짝 열어두고 있는 것은 화장실을 '더러운 곳', '다른 방과 떨어진 특별한 공간'으로 취급하고 싶지 않은 마음 때문입니다. 화장실은 우리가 하루에 몇 번이나 신세를 져야 하는 중요한 곳이잖아요. 그래서 저는 거실이나 침실과 마찬가지로 밝고 청결하고 상쾌한 공간이어야 한다고 생각한답니다.

사진은 현관 바로 옆에 있는 손님용 화장실입니다. 사람들은 화장실 같지 않은 화장실이라는 말들을 자주 하죠. 손님용이라서 혼자서 사용한다는 개념을 강조했습니다. 그러나 2층 화장실과 마찬가지로 다른 방과 동떨어진 공간이 아니라 연결되어 있는 느낌을

내기 위해서 신경을 썼죠.

예를 들면 매트와 변기 커버, 슬리퍼는 화장실이라는 느낌을 주기 때문에 일체 사용하지 않았습니다. 휴지걸이는 벽에 걸지 않고 심플하게 바닥에 세우고, 청소용 브러시는 싱긋 웃음이 나올 법한 유머러스한 오리 모양으로 골랐죠. 인테리어 소품도 현관과 복도의 통일성과 연결성을 의식해서 캔들을 비롯해 정원의 나무와 꽃, 향수, 책, 포스터 등 제가 좋아하는 아이템으로 했습니다. 걸레는 타월에 작은 아플리케를 박음질해서 사용하고 있고요. 전에는 흰색 마 재질의 타월을 주로 사용했지만, 최근에는 갈색과 회색 등 시크한 색으로 사용하고 있습니다.

무엇보다 중요한 것이 청소입니다. 변기 안과 손 씻는 세면대도 날마다 빡빡 문질러서 청결을 유지하고 있습니다. 다른 방과 마찬가지로 계절마다 인테리어를 바꾸면 볼일이 없더라도 궁금해서 열어보게 되지 않을까요?

그릇으로 다시 태어난 정원 나무

몇 년 전 우리 집 정원을 리폼했습니다. 사선으로 쭉 뻗은 나무와 말라버린 고목을 어쩔 수 없이 잘라야 했죠. 하지만 정성껏 키운 나무를 자르다니, 제 살을 잘라내는 것처럼 고통스러웠습니다. 자르기로 결정하고 나서도 한참을 고민했습니다. 아름다운 자태의 가지와 늠름한 모습을 보며 다른 방법이 없을까 고민에 고민을 거듭했습니다. 그러던 어느 날, 친하게 지내고 있는 칠기 장인인 아카기 아키토 씨와 의논했습니다. 그러자 아카기 씨는 제 마음을 이해하고는 그릇으로 만들면 어떻겠냐고 하셨습니다. 함께 생활해 온 정원의 나무를 그릇으로 부활시킬 수 있다면, 그보다 기쁜 일도 없을 테죠. 아카기 씨 덕분에 저는 나무에 대한 미안한 마음을 극복하고 정원의 리폼을 시작할 수 있었답니다.

얼마나 시간이 지났을까요? 그릇이 도착했습니다. 굽이 없는 날

렵한 모양이라 일본음식이나 서양음식 모두 잘 어울립니다. 얼핏 보면 검은색 같지만 나무의 소방(蘇芳, 콩과의 키 작은 나무에서 추출하는 식물 염료로, 적색에서 자색을 띤다-옮긴이)이라는 품격 있는 붉은 염료로 색을 먹인 다음 그 위에 옻칠을 했기 때문에 붉은 기운이 돕니다. 나중에 아카기 씨에게 여쭤보니 정원의 나무가 잘 갈라지고 구멍도 많고 또 비틀어진 부분도 있어서 칠기로 쓸 만한 재료가 아니었다고 합니다. 다루기 골치 아픈 재질이지만 그래도 포기하지 않고 그릇 모양으로 잘 성형을 하고 건조시킬 때마다 갈라지고 벌어지는 부분에는 같은 나무 조각을 박아 넣는 등 다양한 방법을 이용해서 보수했다더군요.

사랑스런 정원 나무의 생명이 고스란히 옮겨진 그릇. 아카기 씨, 고마워요.

매일매일 즐겁게 다림질하기

1년 365일 세탁을 하지 않는 날이 없을 만큼 저는 세탁하는 것을 좋아합니다. 그만큼 다림질도 매일 하고 있다는 말이죠. 마로된 행주에 식탁보, 남편의 잠옷, 면 에이프런, 티셔츠에다가 손수건까지, 이 정도는 날마다 다림질을 합니다. "잠옷이라고? 말도 안돼!"라며 친구들은 혀를 내두르지만, 남편이 잠옷을 매일 갈아입기 때문에 어쩔 수 없답니다.

제 모토는 '포기하지 않기', '할 거라면 즐겁게 하기'예요. 집안일은 매일 같은 일의 반복이기 때문에 기분을 새롭게 해서 즐기지 않으면 정신적으로 힘들 수밖에 없습니다. 그래서 저는 늘 새로운 기분으로 집안일을 즐기려고 해요. 이것이 집안일에 대한 기본적인 마음가짐이라고 믿고 있습니다(억지로 무리하고 있다고 보이시나요? 전혀요. 솔직하게 말하는 거랍니다).

제 모토는 '포기하지 않기', '할 거라면 즐겁게 하기'예요.
집안일은 매일 같은 일의 반복이기 때문에
    기분을 새롭게 해서 즐기지 않으면 정신적으로 힘들 수밖에 없습니다.
그래서 저는 늘 새로운 기분으로 집안일을 즐기려고 해요.

아이들이 어릴 때는 쉽게 더러워지는 게 싫어서 흰색 천은 가능한 한 사용하지 않았지만, 부부 둘만의 생활로 바뀌고 나서는 테이블보도, 침구도 흰색으로 바꿨습니다. 사실 제가 흰색을 좋아하거든요. 대신 얼룩이나 더러움이 금방 눈에 띄니까 늘 깨끗하게 유지하려고 노력을 한답니다. 그리고 세탁을 하고 나서는 가볍게 털어서 주름을 팽팽하게 펴고 뽀송뽀송하게 말리고요. 빨래를 널 때부터 주름을 잘 펴서 너는 약간의 수고스러움이 다림질을 편하게 하는 요령이랍니다.

이제 다림질 요령을 얘기해 보죠. 에이프런은 가장자리를 똑바로 편 다음 안쪽에서 다립니다. 셔츠와 블라우스는 칼라와 단춧구멍이 있는 앞단을 먼저 다리고요. 소매는 타월을 둥글게 말아서 넣은 다음 입체적으로 다림질합니다. '수고를 덜려고 하지 말고 그 수고를 즐겨라.'라고나 할까요? 구석구석 다림질을 한 흰색 테이블보는 주부의 자랑거리입니다.

서랍 정리는 좋아하는 취미처럼

사진의 서랍 네 개에 들어 있는 것은 전부 스톨(어깨에 걸치는 긴 숄-옮긴이)입니다. 실은 이 체스트는 옻칠한 문에 반해서 충동구매한 것입니다. 막상 사용해 보니 서랍이 얕아요. 하지만 마음에 드는 체스트라서 즐겁게 사용하고 싶어 이런저런 실험을 한 끝에 낙점된 것이 바로 스톨입니다. 아주 딱 맞았습니다. 겹쳐서 보관하지 않아도 되니까 주름도 안 생기고 한눈에 다 들어오기 때문에 고르기도 쉽고 아무튼 장점만 가득했습니다. 이렇게 해서 첫눈에 반한 체스트로 즐거운 수납을 하게 되었습니다.

스톨은 1년 내내 애용한답니다. 체스트를 충동구매하기 전에는 옷방의 선반에 수납했습니다. 그런데 찾기가 무척 힘들었습니다. 게다가 마음에 들어서 샀는데 잊어버리고 사용하지 못하는 경우도 종종 있었고요. 하지만 복도에 놓인 체스트에 수납을 하면서

부터는 스툴을 매우 자주 사용하게 돼서 제 자신도 놀랄 정도랍니다. 그날의 의상을 정하고 나서 마지막으로 체스트의 서랍을 엽니다. 그러면 어울리는 스툴이 알아서 눈에 쏙 들어옵니다. 스툴 옆에는 손수건과 장갑, 경조사용 보자기도 수납해 놓았습니다. 옷이니까 옷방에 수납해야 한다는 고정관념을 깨고 외출할 때 찾기 쉽도록 복도에 수납하자고 발상을 전환한 것입니다. 지금까지는 생각도 못했던 새로운 아이디어인 셈이죠.

수납과 정리가 취미인 저는 '하루에 서랍 한 개만'을 목표로 정리정돈을 합니다. 매일 하는 청소에다 서랍 하나 혹은 선반 한 단 정도만 정리하면 말끔해 보일뿐더러 마음에도 여유가 생깁니다. 잘 정리해 두면 갑자기 필요해졌을 때 당황하지 않고 금방 찾을 수 있답니다.

천국에 보내는 아침 인사

저는 아침 5시 반쯤 일어납니다. 세수를 하고 옷을 갈아입고 나서 늘 하는 일이 있습니다. 바로 불단에 차와 물을 올리는 일입니다. 시부모님과 친정아버지, 그리고 오랜 세월 동안 함께 지내왔던 고양이 갸비에게 합장을 하고 "그쪽에서 모두 잘 지내고 계신가요? 천국에서 가끔 만나기도 하고 그러시나요?"라든지, "저 열심히 살고 있으니까 지켜봐 주세요." 등 소리를 내서 말을 건넵니다. 일종의 습관이죠. 기쁜 소식을 전할 때가 있는가 하면 고민을 털어놓을 때도 있습니다. 남편의 건강이 안 좋을 때는 시어머니에게 의견을 구하기도 합니다. 목소리를 내지 않으면 전달이 안 될 것 같아서 꼭 소리를 내서 이야기를 건넵니다. 그렇게 매일 고요한 아침 공기를 가르고 불단을 마주하고 있습니다.

불단에는 화과자, 제철 과일 등 맛있는 먹을거리를 올립니다.

봄과 가을의 피안(彼岸, 춘분과 추분을 포함해 전후 3일씩 총 7일간을 말한다-옮긴이)에는 오하기(おはぎ, 찹쌀과 멥쌀을 섞어서 만든 경단, 콩가루, 팥, 깨 등을 겉에 묻힌다-옮긴이)를 만들어서 올리기도 합니다. 부처님과 조상님들이 금방 드실 수 있도록 젓가락과 포크를 놓는 것도 잊지 않습니다.

매일 아침 불단 앞에서 합장을 하고 이야기를 하다 보니 제가 이렇게 평온한 생활을 보내고 있는 것도 다 부모님과 조상님의 덕이 아닌가 하는 생각이 듭니다. 요즘은 시모다(下田, 이즈반도에 있는 도시. 도쿄에서 열차로 2시간 정도 걸림-옮긴이)에 계신 친정어머니도 일찍 일어나서 친정의 2층에 있는 불단과 신단 앞에 앉아서 합장하고 계실 거라고 생각하면 마음이 따뜻해집니다. 조상을 공경하고 부처님을 섬기려는 마음은 매일 아침 거르지 않고 신과 부처님께 공양을 하고 정성을 다해 기도하는 어머니의 모습을 어릴 때부터 계속 봐왔기 때문에 생긴 게 아닐까 합니다. 자연스럽게 몸에 밴 거죠. "조상님께 감사하는 마음을 잊지 마라."라고, 멀리 계신 어머니의 목소리가 들려오는 것 같습니다. 어머니가 부디 건강하게 지내시도록, 돌아가신 아버지께 기도를 드립니다.

마음먹은 일은 깔끔하게, 15분 규칙

매일매일 즐겁게 생활하기 위해 몇 가지 규칙을 만들었습니다. 그중 '15분 동안 집중하기'가 있습니다. 청소든 정리든 뭐든 좋습니다. 키친 타이머를 15분으로 세팅하고 일을 시작합니다.

이때는 곁눈질도 하지 않죠. 15분 동안은 오로지 한 가지 일에만 집중합니다. 15분 정도면 욕실과 화장실 청소, 식기장 정리, 창고 정리, 감사 편지 쓰기 등 평소 '해야지, 해야지' 하며 미루고 있던 일들을 충분히 끝낼 수 있습니다.

주부의 일은 끝이 없기 때문에 하루 종일 일을 하는 경우가 많습니다. 끝이 보이지 않아서 더 피곤해지죠. 그런데 하루에 15분씩 2~3회 집중해서 하면 시간적으로도 리듬감이 생겨서 좋고, 또 해야 할 일을 전부 할 수 있어서 기분도 상쾌해져요. 물론 긍정적으로 생각도 하게 되고요.

주부의 일은 끝이 없기 때문에 하루 종일 일을 하는 경우가 많습니다.
끝이 보이지 않아서 더 피곤해지죠.
그런데 하루에 15분씩 2~3회 집중해서 하면 시간적으로도 리듬감이 생겨서 좋고,
또 해야 할 일을 전부 할 수 있어서 기분도 상쾌해져요.

매일 아침에 하는 세탁도 '15분'으로 정해서 합니다. 실은 우리 집 세탁기는 아주 구식 세탁기로, 세탁조와 탈수조가 따로따로 되어 있습니다. 세탁, 헹굼, 탈수까지 기계에 맡기지 않고 제가 직접 조절하는 걸 좋아해서 전자동이 아니라 일부러 구식 세탁기를 사용하고 있습니다. 세탁 시간을 15분으로 설정해 두고 그동안 부엌에서 남편의 아침 식사를 준비하거나 꽃꽂이를 합니다. 타월과 시트, 꼼꼼한 손질이 필요한 옷, 색깔 있는 옷 등 소재와 더러움의 정도를 구분해서 세탁하기도 하고요. 세탁 방법을 자유롭게 결정할 수 있는 구식 세탁기는 세탁을 좋아하는 제게 매우 좋은 친구랍니다.

닮고 싶은 인생의 선배, 시어머니

결혼하기 전인 스물두 살 때의 일입니다. 주말에 시모다의 가키사키 해변에 있는 남편 집에 점심 초대를 받아 갔습니다.

"어머, 레이지한테 이렇게 귀여운 친구가 있었구나. 얼른 들어와요."

저는 그때 머리를 두 갈래로 묶고 짧은 바지 차림에 고무 조리(물론 화장도 안 한 채로)를 신고 있었습니다. 안으로 들어서자 노란색 꽃무늬 원피스를 입은 벚꽃 색상의 매니큐어를 바르고 깔끔하게 염색한 머리를 우아하게 묶은 고상하고 멋진 여성이 서 있었습니다. 저와 시어머니와의 첫 대면이었습니다. 너무나 멋진 분이셨습니다. 시어머니는 어쩔 줄 몰라 하는 저를 안으로 데리고 들어가서는 차가운 아이스티를 내오셨습니다. 참 맛있었습니다. 레몬 향이 풍기는 호박색 빛깔의 시어머니표 아이스티와의 첫 만남이었습니다. 그

여름의 추억은 우아한 자태와 함께 고이 간직되어 있습니다.

결혼하고 나서도 시어머니는 저를 무척 귀여워해 주셨습니다. 우리 집 근처에 혼자 살고 계셨지만, 예고도 없이 불쑥 찾아뵈어도 언제나 단정한 차림에 집도 깔끔하게 정리되어 있었습니다. 헝클어진 모습을 단 한 번도 본 적이 없습니다. 시어머니가 좋아하는 향수와 촛대 등을 저도 좋아하게 되었습니다. 시어머니의 영향을 받은 셈이죠. 또 그림을 잘 그리셔서 일흔이 넘은 나이에도 일본화를 다시 배워, 1년에 두 번 정도 친구들과 함께 긴자(銀座. 도쿄의 고급 쇼핑거리-옮긴이)의 화랑에서 전시회를 열고 계십니다. 그런 모습을 스스로도 무척 자랑스럽게 생각하시죠. 남에게 의지하지 않고 자신만의 기준을 확실하게 가지고 계셔서 늘 흔들림이 없으신 분이십니다.

이제는 저도 나이가 들어 시어머니가 되었지만, 어떤 일을 하기 전에 '어머니라면 어떻게 하셨을까?'라는 생각을 하면서 행동한답니다. 시어머니는 제 인생의 선배시니까요. 그러다 보니 자연히 그분의 인생을 되짚어보게 됩니다.

서로를 소중하게 생각하는 마음, 어머니와 나

어머니는 올해로 아흔 살이 되셨습니다. 아버지와 함께 사셨던 시모다의 집에서 예전과 다름없이 건강하게 잘 지내고 계시죠. 멀리 떨어져 있으니 이런저런 일로 눈에 밟히는 때가 많습니다. 그래서 한번은 도쿄의 우리 집에 모실까 하는 생각도 했습니다. 하지만 어머니로서는 몇십 년간의 손때가 묻어 있는 고향 집에 계시는 게 제일 좋지 않겠느냐는 결론을 내렸습니다. 그 후로는 시모다로 자주 갑니다. 자주라고 해도 한 달에 한 번 정도가 제가 할 수 있는 최선입니다. 대신 매일 전화를 하고, 매주 맛있는 음식을 보내고 있습니다. '늘 어머니를 생각하고 있습니다.'라는 마음을 전달하기 위한 노력인 셈이죠.

어머니께는 매일 아침 8시쯤 전화를 드립니다. 그 시간은 어머니와 함께 사는 오빠가 워킹을 하러 나가는 시간이거든요. 혼자

계시면 외롭지는 않을까 걱정이죠. 아침 일을 마무리 짓고 어머니께 전화를 걸어 그날의 몸 상태나 걱정거리는 없는지 등등을 살핍니다. 사람들은 "매일 전화를 하다니, 힘들겠어요. 참 효녀네요."라고 말하지만, 어머니께 전화를 드리는 것은 의무가 아니라 어머니와 제가 행복해지는 길입니다. 가족을 소중히 생각하는 마음은 말로 표현하지 않으면 서로에게 전달되지 않거든요.

왼쪽 사진은 기모노가 어울리지 않는 제게 "네게 어울릴 것 같아서."라며 어머니가 소중하게 보관해 둔 오시마쓰무기(大島紬. 가고시마 현 남쪽의 나루미군도의 나루미오시마의 특산품으로 만든 기모노-옮긴이)를 입고 찍은 기념사진입니다. 오비(여성용 기모노의 허리 부분을 감싸는 띠-옮긴이)는 시어머니가 친정어머니에게 보낸 나고야의 오비입니다. 신이 나서 입혀준 친정어머니의 기뻐하는 표정을 보니 왠지 모르게 가슴이 뜨거워졌습니다.

"너도 바쁠 테니까 늘 건강 조심하고."

헤어질 때의 말은 항상 똑같습니다. 어머니, 집에 가서 내일 또 전화드릴게요.

모두가 모여 축하하는 가족 생일

설날, 크리스마스, 어머니의 날, 아버지의 날, 가족들의 생일, 이렇게 특별한 날에는 무슨 일이 있어도 가족들이 모두 모이는 것이 구리하라 집안의 규칙입니다.

시간이 나는 사람만이 아니라 무조건 가족 전원이어야 한다는 이 점을 강조하고 싶네요. 사실 아이들이 독립한 뒤로는 좀처럼 가족들이 모일 시간이 없습니다. 누군가와는 만나더라도 집안 모임에 전부 참석하기는 어렵죠. 가족이니까 괜찮겠지 하고 미루기 십상 아닌가요? 그래서 이 날만은 무슨 일이 있어도 가족이 전원 모이자고 정했습니다. 이때 가족으로 만난 것을 감사히 생각하고 "사이좋게 지내자. 내게는 우리 가족이 제일 소중하다."라는 생각을 서로에게 전달하고 확인하는 거죠.

새 식구인 며느리 미유키는 구리하라 집안의 끈끈하고 강한 유

대감이 처음에는 당황스러웠을지도 모르겠습니다. 그래서 더욱 우리 가족이 되어줘서 정말 고맙다는 마음을 전하려고 노력했습니다.

거실의 난로 옆 벽에는 아이들이 어렸을 적 사진과 우리 부부의 스냅 사진, 가족들의 생일날에 모였을 때 찍은 사진이 걸려 있습니다. '가족의 정'이라고 말로 하는 것은 쉽습니다. 그러나 그 정을 계속 이어가려면 자그만 노력이라도 해야 하지 않을까요? 개인의 사생활을 인정하면서 어떤 한 가지를 공유할 수 있다면 좋겠습니다. 앞으로 새로운 가족이 태어날 것이고, 그에 따라서 생일도 늘어나겠지요. 가족의 따뜻한 마음이 담긴 하루하루가 쌓여갑니다. 모두에게 고맙습니다.

에이프런을 단단히 묶고 오늘 하루도 열심히!

　에이프런의 끈을 앞으로 돌려 꽉 묶으면서 스스로 기운을 북돋으려고 "자, 오늘 하루도 열심히 힘을 내자!"라고 말합니다.

　제가 에이프런을 디자인하게 된 계기는 '쓰레기 버리기 에이프런' 덕분입니다. 결혼해서 아이가 태어나고 익숙지 않은 집안일과 육아로 정신이 없던 때였습니다. 당시 살던 맨션에서 쓰레기 집합장까지는 거리가 꽤 멀었습니다. 아침 일찍부터 큰 쓰레기봉투를 들고 사람들과 얼굴을 마주치는 것이 싫었어요. 그때 조금이라도 즐거운 기분으로 쓰레기를 버릴 수 없을까 궁리하다가 생각해낸 것이 바로 점퍼스커트 타입의 에이프런이었습니다. 이거라면 1년 내내 입을 수 있고 움직이기도 편해서 티셔츠 위에 입는 것만으로도 멋져 보일 거라고 생각했죠. 저는 얼른 디자인한 다음 천을 떠서 재봉을 잘하는 친구에게 만들어 달라고 부탁했습니다. 이렇게

완성된 에이프런을 입은 뒤로는 비가 오든 쓰레기봉투가 무겁든 상관없이 씩씩하게 쓰레기를 버리러 다녀올 수 있었습니다. 우울하기만 했던 쓰레기 버리기가 에이프런 덕분에 즐거워진 거죠.

일찍 일어나기 에이프런, 접대 에이프런, 릴렉스 에이프런, 칭찬 에이프런 등 몇몇 테마를 가진 에이프런을 만들었습니다. 물론 일찍 일어나기 에이프런이라고 이름을 짓는다고 해서 갑자기 아침에 일찍 일어나는 것이 좋아질 리는 없겠지만 마음을 다잡을 수 있는 계기가 되긴 하죠. 좀 딱딱한 말로 '의식개혁'이라고나 할까요? 지금은 KURIHARA라고 자수를 놓은 새하얀 가르송 에이프런을 자주 합니다. 요리연구가로서, 가정을 운영하는 주부로서 에이프런에 수놓인 이름에 부끄럽지 않게 일을 열심히 할 것입니다. 분명히 그렇게 되리라 생각합니다. 그런 소망을 담은 에이프런이니까요.

봄여름가을겨울, 즐거운 날들

 설날, 히나마츠리(雛祭り, 여자 어린이들의 건강과 행복을 기원하는 전통 행사-옮긴이),
피안, 추석, 그리고 달맞이 등 1910년대에 태어난 친정어머니는
계절마다 있는 연중행사를 소중히 지키며 살아오셨습니다. 저도 연
말에 친정에 가게 되면 창고에서 설날에 필요한 도구들을 꺼내죠.

 술병, 찬합, 설날 그릇으로 갖추어진 칠기 한 벌은 와지마의 칠
기 장인에게 주문한 것으로, 검은색에 집안의 문장이 박혀 있습니
다. 설날 아침에 일어나서 이 찬합 뚜껑을 열면 그림처럼 예쁜 오
세치(おせち, 설날 음식-옮긴이)가 가득 들어 있어서 마음이 들뜨곤 했죠.

 결혼하고 나서는 연중행사에 남편이 매우 좋아하는 크리스마스
가 추가되었습니다. 매년 12월이 되면 트리를 준비하고 장식과 리
스를 달며 크리스마스를 맞을 준비를 합니다. 아이들이 어릴 때는
다 같이 크리스마스 장식을 했죠. 지금도 이브에는 남편이 직접

구운 칠면조 구이를 먹으며 시끌벅적하게 보냅니다. 크리스마스가 끝나면 곧 설입니다. 올해도 좋은 해가 되기를 바라는 소망과 가족들의 건강을 기원하는 마음을 담아서 오세치를 만들고 다 함께 해맞이를 합니다.

그리고 봄이 되어 히나마츠리가 다가오면 돌아가신 친정아버지가 딸아이의 첫 히나마츠리 때 선물로 보내주신 다이리히나(内裏雛, 천황과 황후가 한 명씩 있는 히나 인형-옮긴이)를 꺼내서 장식합니다. 친정에는 할머니의 10단짜리 히나 인형 세트가 있습니다. 히나마츠리가 다가오면 장식하는 데만 하루가 꼬박 걸리는 이 세트를 꺼내서 장식하죠. 장식을 정리해서 넣을 즈음에는 제 생일이 있답니다.

이처럼 '봄'은 여러모로 저를 들뜨게 만드는 계절이기도 해요. 가장 좋아하는 벚꽃 소식이 전국에서 들리기 시작하고 정원의 나무들이 싹을 내고 햇살이 부드러워집니다. 아름다운 사계절이 있는 땅에 태어난 것을 진심으로 감사하며, 미래를 살아갈 우리 아이들과 손자, 다음 세대에게도 그 마음을 전해 주고 싶습니다.

소중한 시간을 밝혀주는 촛불

우리 집에서는 크리스마스나 손님을 접대할 때만이 아니라 평상시에도 촛불 켜는 것을 즐깁니다. 현관이나 거실 한쪽, 화장실과 정원을 인테리어 소품으로 장식한 다음 부담 없이 촛불을 켜죠. 정원의 꽃과 허브로 리스를 만들어 촛불 둘레를 장식하고, 때로는 테이블 위를 장식하거나 꽃 부케에 꽂아서 현관 장식으로도 사용합니다. 또 화사한 감귤류의 아로마 향초로 방을 밝혀서 기분을 힐링하기도 하고요.

최근에는 취미만이 아니라 절전용으로 촛불을 활용하는 사람들이 늘었다고 합니다. 가능한 한 전등을 끄고 부드러운 촛불 빛을 받으면서 가족이나 친구들과 이야기를 나누어 보세요. 아마 그 순간이 그 어느 때보다 소중하고 의미 있게 느껴질 것입니다.

봄과 가을철에는 남편과 둘이서 정원 테라스로 나가서 자주 차

조용히 흔들리며 주위를 밝히는 촛불에는
사람의 마음을 온화하게 만들어 주는
불가사의한 힘이 깃들어 있는 것 같아요.

도 마시고 식사도 합니다. 해질 무렵에는 화단의 작은 오솔길을 따라서 촛불을 밝히고 화이트 와인을 마시면서 이야기를 나누기도 하고요. 그러면 시간을 잊게 된답니다. 조용히 흔들리며 주위를 밝히는 촛불에는 사람의 마음을 온화하게 만들어 주는 불가사의한 힘이 깃들어 있는 것 같아요.

좋아하는 영화를 보는 오붓한 시간

저는 좋아하는 게 참 많아요. 그중에서도 세 가지만 고르라고 하면 반드시 영화 보는 걸 고를 겁니다. 주말에는 남편과 둘이서 오붓하게 집에서 와인을 마시며 영화를 봅니다. 제게는 그 무엇과도 바꿀 수 없는 소중한 시간이죠.

주로 〈사랑의 레시피〉나 〈로맨틱 홀리데이〉같은 영화들을 즐겨 봅니다. 기가 센 여성 셰프가 주인공으로 나오는데, 요리가 사람을 활기차게 하고 또 인간관계를 좋게 만든다는 내용의 영화입니다. 저와 관련이 있는 이야기라서 더욱 친근함을 느끼는지도 모르겠습니다. 한가할 때는 영화 속에 나오는 멋진 대사를 연습하기도 하니까요.

제가 영어 공부를 시작한 건 예순 살이 넘어서예요. 일 때문에 외국에 나갈 기회도 많아졌고 여행지에서 뜻밖에도 친절한 대접

을 받거나 외국인 친구들을 사귀기도 합니다. 그럴 때면 더 친해지고 싶고 또 감사의 마음을 표현하고 싶은데, 말이 짧아서 참 슬프고 답답할 때가 많았지요. 그래서 직접 감사의 뜻을 전하고 싶은 마음에 영어 공부를 시작했죠.

열심히 단어를 외우고 공부한 덕분에 지금은 영어로 말을 하거나 레시피를 쓸 수 있는 정도로 실력이 늘었습니다. 영어 공부가 어느새 인생의 목표 중 하나가 된 거죠. 이제부터는 외화를 보거나 외국인 친구와 대화를 나누면서 즐겁게 영어를 공부할 생각입니다.

보이지 않는 곳에 마음 쓰기

제가 남들보다 훨씬 더 신경을 쓰는 부분은 바로 발뒤꿈치와 등입니다. 요리연구가라는 직업 때문이기도 하지만 원래부터 화장에는 그다지 관심이 없었습니다. 입술에 립스틱을 바르면 맛을 알수 없고, 칼을 드는 손에 울긋불긋한 매니큐어 칠은 더더욱 말도안 되죠. 보이지 않는 곳을 깨끗하게 관리하는 것이 화장보다도더 중요하고, 또한 여성으로서의 당연한 몸가짐이라고 생각합니다.

먼저 등 관리부터 얘기해 볼까요? 목욕을 할 때는 견갑골 사이처럼 손이 닿기 어려운 부분을 잘 씻습니다. 손이 닿지 않는 부분은 남편에게 부탁하기도 하고요.

다음은 발뒤꿈치입니다. 갈라지거나 까칠까칠해지지 않도록 아침마다 욕실에서 관리하죠. 뜨거운 물에 발을 담가 피부를 말랑말

랑하게 만든 다음 파일로 가볍게 갈고 물기를 닦아냅니다. 그리고 크림을 바르면서 마사지를 해요. 마지막으로는 랩으로 잘 싼 뒤에 양말을 신습니다. 이 랩 팩을 꾸준히 하면 발뒤꿈치가 아기 피부처럼 보들보들해집니다.

어떤 이는 잘 보이지도 않는 곳을 뭣 하러 그렇게 신경 쓰냐고 할지도 모르겠습니다. 하지만 사고나 급한 병으로 쓰러져서 병원에 실려갔을 때 발뒤꿈치나 등이 지저분하다면 무척 부끄러울 것 같거든요. 이유야 어찌 됐든 저는 그렇게 생각합니다. 비싼 화장품을 쓰거나 유행하는 피부 관리 숍을 다니기보다는 제가 아는 방법으로 성실하고 꾸준하게 발 관리를 하는 것이 저만의 미학입니다.

우리 부부의 대화, 남편의 배웅과 마중

"아내란 말이다, 아침에는 남편보다 일찍 일어나서 집안일을 하고, 아이들을 건강하게 키우고, 맛있는 음식을 만들면서 남편의 귀가를 기다려야 한단다. 그런 당연한 일을 계속하는 것이 행복이란다."

어머니로부터 이렇게 배웠습니다. 그런데 막상 결혼하고 보니 남편은 일 때문에 바빠서 귀가 시간이 불규칙했습니다. 그 밖에도 어머니로부터 배운 것과는 결혼생활이 너무나 많이 달라서 당황스러웠던 적이 한두 번이 아니었죠. 결국 좋아하는 요리를 만들거나, 청소를 하거나, 현관을 장식하거나 하면서 나만의 즐거움을 발견하는 생활로 바꾸었습니다. 사실 저를 바꾼 것은 남편이었습니다.

"나를 기다리기만 하는 여자가 되지 말았으면 해. 난 그런 여자

를 원치 않아."

남편의 이 말은 집안일뿐 아니라 삶에 대한 자세와 생각을 바꾸는 계기가 되었습니다. 저는 무언가를 해야 한다고 생각했고, 그 결과로 지금의 구리하라 하루미가 탄생했습니다.

남편의 격려를 받으면서 용기를 내다 보니 저 자신이 믿을 수 없을 만큼 다양한 일을 하게 되었습니다. 그래도 바뀌지 않는 것은 아내이자 주부로서의 마음가짐이었습니다. 결혼하고 나서 지금까지 계속하는 것 중 하나가 바로 남편이 나갈 때와 돌아올 때 반드시 현관에서 인사를 하며 맞이하는 일입니다. 밖에서 일 잘하고 무사히 돌아오라며 공손히 배웅하고, 귀가하면 오늘도 수고 많았다며 웃는 얼굴로 맞이하는 것이지요. 이것이 저희 부부의 소중한 커뮤니케이션이랍니다.

사진의 슬리퍼는 남편이 실내용 천 슬리퍼 대신 애용하는 것입니다. 연말에 쇼핑하면서 남편에게 선물하려고 샀습니다. 현관에 이 슬리퍼가 있으면 남편이 아직 돌아오지 않았다는 표시죠. 곧 있으면 남편을 맞이할 준비를 해야 합니다. 아버지와 어머니의 역할은 졸업했지만, 남편과 아내, 남자와 여자로서의 관계는 남은 세월 동안 소중히 하고 싶습니다.

오늘도 하고 싶은 일이 가득

큰 법랑 냄비로 빵을 굽고 있습니다. 큼지막한 천연 효모 빵으로, 최근 몇 개월 동안 효모부터 철저하게 관리해서 직접 만듭니다. 건포도와 말린 무화과를 발효시켜서 효모를 키우는 데만 일주일이 걸립니다. 게다가 성공할지 어떨지는 신만이 알죠.

이 빵 만들기는 일이 아니라 새로운 도전입니다. 레시피를 만들려면 분량을 정확하게 결정해야 합니다. 그런데 너무 정확한 작업만 하면 재미가 없잖아요. 먼저 자연의 영향을 받은 효모와 시간을 들여 친해지고 잘 반죽해서 빵을 굽습니다. 물론 성공하는 날도 있고 실패하는 날도 있습니다. 그 '예상치 못한 사고'가 저는 즐겁습니다. 제대로 안 되니까 재미있어요. 왠지 인생과 비슷하지 않나요?

올해로 저는 예순다섯 살이 되었습니다. 잠시 멈춰 서서 지금까

자연의 영향을 받은 효모와 시간을 들여 친해지고 잘 반죽해서 빵을 굽습니다.
물론 성공하는 날도 있고 실패하는 날도 있습니다.
그 '예상치 못한 사고'가 저는 즐겁습니다. 제대로 안 되니까 재미있어요.
왠지 인생과 비슷하지 않나요?

지의 삶을 되짚어보았습니다. 너무 바빠서 자신을 되돌아볼 여유조차 없는 일상의 연속이었죠. 하지만 이제부터는 좀 천천히 속도 조절을 해보려고 합니다. 한 발씩 한 발씩 제 자신을 납득할 수 있을 만큼의 빠르기로 걸어가려고요. 지금까지 못했던 것도 맘껏 즐기면서요. 하고 싶은 일이 하나둘 떠오릅니다. 먼저 박학다식한 남편에게 세계의 역사와 경제를 배우고 싶고(참 성실하죠. 천성이라 어쩔 수 없어요), 둘이서 미술관이나 명소, 유적을 방문하고 싶습니다. 또 지방에 사는 친구들을 만나러 가고 싶고, 2층의 개인 공간도 개조하고 싶고…….

하고 싶은 일을 전부 얘기하려면 앞으로 20년은 족히 더 필요할 것 같네요. 사실 얼마 전에는 인생은 일흔까지라고 생각했는데, 이제는 여든다섯으로 연장하기로 했답니다. 그때까지 건강하게 '예상치 못한 사건 사고'를 즐기면서 늘 두근거림과 호기심을 잊지 않으려고 합니다. 남은 인생에서 새로운 자신을 기대하고 있는 예순다섯 먹은 구리하라 하루미입니다.

평범한 물건에 깃든 특별한 기억

소녀 감성을 깨워주는 빨간 사과 그림

여기 광택이 나는 빨간 사과가 두 개 있습니다. 일하는 방의 창틀에 세워둔 이 작은 유화는 제가 열여덟 살 때 그린 것입니다. 저는 어릴 적부터 그림 그리는 걸 무척 좋아했습니다.

동네 그림교실에 다닐 때의 일입니다. 제가 머리와 입이 엄청 큰 물고기를 그리자 모두들 못 그렸다고 놀렸습니다. 하지만 그림교실 선생님만은 "이 아이는 재능이 있어요. 어른들의 상식적인 눈으로 판단하지 마세요."라고 제 역성을 들어주셨다고 합니다. 솔직히 기억은 안 나지만 친정어머니는 선생님의 말씀이 기뻤는지 지금까지도 입버릇처럼 이야기하십니다.

이 사과 그림은 고등학교를 졸업한 뒤 유화를 배우면서 그린 것입니다. 색을 조합하거나 구도를 고민하면서 새하얀 캔버스를 그림으로 채워가는 과정이 정말 즐거웠습니다. 썩 잘 그린 그림이

97

아니어서 부끄럽긴 하지만, 이 그림을 볼 때마다 주위를 의식하지 않고 좋아하는 것에 푹 빠져 지내던 제 자신을 보게 됩니다.

물론 지금은 그림을 거의 그리지 않습니다. 다만 그릇을 고르거나 이리저리 맞춰 보고 그릇에 요리를 예쁘게 담아 테이블 세팅을 하고 있으면 마치 그림을 그리고 있는 것 같은 느낌이 듭니다. 사실 그림에 재능이 있다고 하기는 뭣 하지만 그 재능을 살려서 그릇에 음식을 담고 식기를 코디하고 집안 인테리어를 하고 있습니다.

머리와 입이 엄청 큰 물고기 그림을 그리듯 발상이 자유로우면 요리만이 아니라 삶도 즐거워지네요. 이제부터는 새로운 레시피를 개발할 때 일러스트도 함께 곁들여 볼까 합니다. 오늘도 새로운 생선 요리 레시피를 떠올리며 저도 모르게 가슴이 두근거리는, 예순다섯 살의 요리연구가입니다.

아버지를 닮은 따뜻한 무릎덮개

사랑하는 아버지가 돌아가시고 벌써 9년의 세월이 흘렀군요. 아버지는 남의 욕은커녕 불평조차 입 밖으로 내지 않으셨습니다. 아버지 자신뿐만 아니라 늘 주위 사람들을 즐겁게 해주셨죠. 지금도 가끔 아버지의 모습을 떠올리면 가슴 속에서 뜨거운 무언가가 울컥 올라옵니다.

아버지와 저는 무척 사이가 좋았습니다. 부녀라기보다는 마음이 잘 맞고 속을 터놓고 얘기할 수 있는 친구와도 같았죠. 이심전심이라고나 할까요? 아버지와 저 사이에는 둘만 아는 텔레파시가 있었습니다.

이를테면 어릴 때 "오르간이 갖고 싶다."고 혼잣말을 한 적이 있었습니다. 그런데 며칠 뒤 학교에서 돌아왔는데 정말 깜짝 놀랐죠. 눈앞에 오르간이 떡 놓여 있었거든요. 또 당시에는 드물었던

아버지가 늘 몸에 두르고 계셨던 무릎덮개를 이제는 제가 걸치고 있네요.
이렇게 하고 있으면 마음이 따뜻해집니다.
아버지께서 옆에서 다정하게 미소를 지으며 늘 그랬듯이
저를 지켜봐 주고 계시니까요.

침대가 갖고 싶어 벽장 속을 침대처럼 꾸미고 자곤 했는데, 어느 날 갑자기 침대가 도착했습니다. 기뻐서 어쩔 줄 모르는 저를 아버지는 다정한 눈길로 바라보셨습니다. 그날 이후 아버지는 밤마다 어머니의 기모노 끈으로 저를 침대에 느슨하게 묶어주셨지요. 잠버릇이 나쁜 어린 딸이 침대에서 굴러 떨어질까 봐 불안하셨던 것입니다. 그리고 아침에는 끈을 풀면서 "우리 딸 키가 쑥쑥 크게 해주세요."라는 기도와 함께 손발을 힘껏 당겨 주셨습니다. 아침마다 했던 이 의식은 제가 커서도 하루도 빠짐없이 계속되었습니다. 그런 아버지의 노력에도 키가 별로 크지 않아 어쩌면 실망하셨을지도 모르겠습니다.

아버지께서 애용하시던 캐시미어 무릎덮개는 제가 영국 여행을 다녀오면서 선물로 사온 것입니다. 아버지는 이 무릎덮개를 항상 옆에 두고 소중하게 사용하셨습니다. 아버지가 늘 몸에 두르고 계셨던 무릎덮개를 이제는 제가 걸치고 있네요. 이렇게 하고 있으면 마음이 따뜻해집니다. 아버지께서 옆에서 다정하게 미소를 지으며 늘 그랬듯이 저를 지켜봐 주고 계시니까요.

친해지면 더 멋스러운 청바지

구리하라 하루미하면 떠오르는 것이 바로 가로줄무늬 보더 티셔츠에 청바지, 그리고 에이프런일 것입니다. 제가 요리할 때 늘 입는 스타일이죠. 아마 평생 변하지 않을 구리하라 하루미다운 스타일이라고 자신 있게 말할 수 있습니다. 그중에서도 청바지는 허물없이 지낼 수 있는 친구 같은 존재랍니다. 청바지는 체형과 상관없이 누구에게나 잘 어울리는 옷이잖아요. 하지만 멋지게 잘 입기 위해서는 꽤 오랜 시간 친해지지 않으면 안 되는 옷이기도 하죠. 펑퍼짐하고 헐렁한 스트레이트 타입이든, 딱 붙어 다리 선이 드러나는 슬림 타입이든 어쨌든 매일 입고, 입고, 또 입는 것이 멋진 스타일을 완성할 수 있는 비결이라고나 할까요.

저는 한 10년 전부터 청바지를 입기 시작했습니다. 당시에는 파마한 긴 머리를 헤어밴드로 질끈 묶고 다녔는데, 이 헤어스타일은

청바지는 물론이고 어떤 바지든 잘 어울리지 않았습니다. 그래서 사시사철 긴 치마만 입어야 했습니다. 그러다가 긴 머리카락을 확 잘라 버렸더니 마음도 가벼워지고 염원하던 청바지도 입을 수 있게 되었습니다.

포기하고 있던 것에 약간의 용기를 내서 도전한 결과, 새로운 자신을 발견할 수 있었던 거죠.

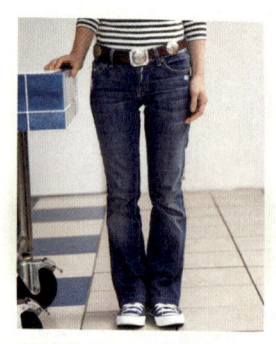

세월을 담은 그릇

이 그릇의 나이는 쉰 이상입니다. '하미짱'은 어릴 적 제 애칭이에요. '엄마', '아빠', 오빠인 '히로짱', 그리고 '하미짱' 이렇게 가족의 이름이 들어가 있는 그릇에 어머니가 미소시루를 담으면, 우리집의 아침 식사가 시작되었죠.

이 칠기 그릇은 어머니가 행상을 오는 와지마(輪島, 일본 이시카와 현에 있으며 동해에 면한 시—옮긴이)의 칠기 장인에게 주문해서 만든 것입니다. 그 장인은 매우 소탈한 사람으로, 시모다에는 1년에 두 번 정도 찾아왔습니다. 그때마다 어머니는 매번 부탁을 하고 또 부탁한 것이 도착하기를 기다리셨습니다. 그러면서 점점 칠기를 좋아하시게 되셨다고 합니다. 우리 집에는 칠기가 조금씩 늘어났고요. 저도 '와지마 아저씨'가 만들어 준 그릇과 도시락통을 매일같이 사용하면서 자랐습니다.

좋은 물건을 잘 관리하면서
오랫동안 사용하는 것이 얼마나 귀중한 일인지
잊지 않으려고 해요.

어린 제게 칠기의 훌륭함을 가르쳐 준 장인이 쇼와(昭和, 1926~1989
년-옮긴이)의 명장이라고 불리는 오쿠다 타츠로 씨라는 사실을 안 것
은 훨씬 뒤의 일입니다. 3년쯤 전에 타츠로 씨의 뒤를 동생이 이었
다는 소식을 듣고 하미짱의 그릇을 꼭 보여드리고 싶었습니다. 사
실 이 그릇 덕분에 칠기를 좋아하게 되었다는 감사의 마음을 전달
하고 싶었거든요. 그 마음이 점점 강해져서 눈꽃무늬로 유명한 와
지마로 향했습니다. 동생 분은 형님의 칠기를 50년 이상이나 소중
히 사용해 온 사람이 있으리라고는 상상도 못했다며 기뻐하셨습
니다. 작은 그릇이 이어준 불가사의한 인연인 셈이지요.

멀고 먼 시모다까지 찾아온 와지마의 장인과 그의 작품을 몇 십
년이나 소중히 사용해 온 어머니. 이렇게 만드는 사람과 사용하는
사람이 서로 얼굴을 마주하며 물건을 사고팔아 온 것이 일본의 칠
기 문화를 성장시킨 원동력이 아닌가 생각합니다. 좋은 물건을 잘
관리하면서 오랫동안 사용하는 것이 얼마나 귀중한 일인지 잊지
않으려고 해요. 칠기가 얼마나 좋은 물건인지 많은 이들에게 전하
고 싶은 요즘입니다.

마음에 드는 컵을 모으는 일

아주 오래전의 일입니다. 이세탄 백화점 신주쿠 점 2층에 '바빙톤스 티 룸(Babington's Tea Rooms)'이라는 카페가 있었습니다. 그곳을 좋아해서 꽤 자주 다녔지요. 민트그린색 잔과 받침접시가 새로웠고 등나무 바구니에 든 쿠키가 맛있어서 집에 돌아와서 바빙톤 스타일의 쿠키를 구워 본 적도 있었습니다.

그 후 로마를 여행했을 때 스페인 계단 옆에 있는 바빙톤 본점에서 그렇게 갖고 싶었던 컵과 받침접시를 샀습니다. 기쁘기도 했지만 그보다는 감격했다는 표현이 맞을 것 같습니다.

마음에 드는 컵을 꾸준히 모으고 그것으로 차를 마시는 평범한 일상이 삶의 양념인 '소소한 행복'을 느끼게 합니다. 사실 날마다 반복되는 일상은 때로 삶을 피곤하고 힘들게 합니다. 하지만 바쁜 일상 가운데에서 아주 작은 자신만의 즐거움을 찾으면 피곤한 삶

도 꽤 살 만해집니다. 저는 아침 일찍 일어나서 열심히 사는 자신을 칭찬하는 의미로 맛있는 밀크티를 만들어 좋아하는 잔에 담아 마십니다. 그러면서 건조한 일상에 '소소한 행복'이라는 양념을 친답니다. 이러한 의식을 날마다 꾸준히 하면 밀크티도 맛있게 탈 수 있게 되고, 좋아하는 잔도 늘어나서 잔을 보기만 해도 행복해집니다.

황색과 녹색 머그잔은 20년 전에 남편이 부부 잔으로 사온 것입니다. 매일 아침 남편이 타주는 밀크티를 이 컵으로 마시는 것이 우리 부부만의 아침맞이 의식이죠. 남편은 늘 컵을 두 개씩 사옵니다. 같이 마시자고 데이트 신청을 하듯 말이죠. 그런 남편의 마음이 얼마나 고마운지. 이렇게 가까이에서 누리는 '소소한 행복'을 앞으로도 소중히 여기며 살아가려고 해요.

우리 집 사계절 나무

한 그루의 나무를 본뜬 철제 캔들 스탠드를 소개합니다. 이 집에 이사 와서 처음으로 맞이한 크리스마스 때 남편이 백화점에서 사온 것입니다. 촛불을 켜면 어렸을 때 읽은 그림동화책에나 나올 법한 깊은 산속 나무로 변신하지요. 처음 우리 집에 왔을 때는 꽤 화려한 느낌이 들었지만, 시간이 지나면서 점점 분위기에 물들어 가더니 이제는 없으면 허전한 '우리 집의 나무'가 되었습니다.

가지 뒷면 홀더에 세팅된 글라스에는 캔들만이 아니라 꽃도 꽂을 수가 있습니다. 벚꽃의 계절에는 희고 은은한 요시노 벚꽃과 짙고 화려한 야에 벚꽃을 함께 장식해 봄의 멋을 잔뜩 부려 봅니다. 5월에는 초여름의 싱싱한 장미꽃을 꽂기도 하고, 한여름에는 허브를 장식해서 시원한 녹색 나무로 변신시키기도 하고요. 크리스마스에는 정원의 서양 호랑가시나무의 빨강 열매를 꽂고 촛불

을 밝히지요. 어떤 식물이나 꽃을 꽂아도 잘 어울리는 것은 아마도 나무가 생명을 키우기 때문이 아닐까 싶습니다.

바라보기만 해도 마음이 편안해지는 이 나무는 뭔가 신비로운 힘을 갖고 있는 모양입니다. 그래서 그런지 '우리 집 나무'가 거실 한쪽에서 가족의 생활을 지켜봐 주고 있는 것만으로 마음이 든든해집니다.

마법 같은 보더 티셔츠

저는 거의 매일 보더 티셔츠를 입습니다. 보더 무늬는 청결한 느낌을 주는데다 젊고 귀여워 보이거든요. 제가 보더 무늬를 좋아하게 된 계기는 30여 년 전에 나왔던 소니아 리키엘 니트 때문입니다.

결혼해서 얼마 되지 않았을 때의 일입니다. 당시 이른바 패셔니스트들은 모두 소니아 리키엘의 니트를 입고 있었습니다. 참신한 색상, 섬세한 실루엣, 캐주얼이지만 우아한 분위기에 저는 완전히 반하고 말았지요. 그래서 '한번 입어보고 싶다', '저런 니트가 어울리는 여성이 되고 싶다'고 늘 동경해 왔죠. 그러던 어느 날, 남편이 저를 데리고 소니아 리키엘의 부티크로 가는 거예요. 고급 부티크라서 처음에는 좀 긴장했지만 입고 났을 때의 한껏 들떴던 기억이 새롭습니다. 입는 사람을 생기 있고 빛나게 만드는 소니아 리키엘

의 니트에서 저는 보더 무늬가 가진 불가사의한 힘에 매료되고 말 았습니다.

소니아 리키엘은 1930년에 태어난 디자이너로 원래 전업주부였 습니다. 임신했을 때 시중에서 파는 임부복에 불만을 느낀 그녀는 자신이 직접 디자인해서 입은 것이 계기가 되어 디자이너의 길을 걷게 되었습니다. 한마디로 상식을 벗어난 새로운 발상으로 자신 이 입고 싶은 옷, 여성이 자유롭고 활기차게 생활할 수 있는 옷을 세상 사람들에게 알린 거죠. 그리고 세계 여성들로부터 뜨거운 지 지를 받았습니다. 지금 생각해 보면 소니아 리키엘의 니트는 제게 멋을 즐기는 기쁨만이 아니라 삶의 힌트도 넌지시 알려준 것 같습 니다.

저요? 물론 저도 삶을 활기차게 만드는 마술의 보더 티셔츠를 앞으로도 계속 입을 겁니다. 그리고 새로운 보더 티셔츠도 디자인 할 거고요.

따뜻한 니트 모자의 매력

저는 머리에 꼭 끼는 따뜻하고 귀여운 니트 모자를 모으고 있습니다. 하지만 머리카락이 마치 부드러운 고양이 털 같은데다가 숱도 많지 않아서 모자를 쓰면 딱 붙어버리는 게 늘 고민입니다. 그래서 모자를 잘 안 쓰게 돼요. 그래도 가지고 있는 것만으로 좋아서 맘에 드는 모자를 발견하면 그만 저도 모르게 사고 맙니다. 그렇게 산 니트 모자는 사이좋은 친구에게 선물하지요. 물론 제가 쓰기도 하지만 남들 앞에서 쓰는 게 아니라 밤에 몰래 거울 앞에서 이렇게도 써 보고 저렇게도 써 보고 하는 거죠. 가끔은 미용실에 가기 전이나 촬영이 없는 날에 쓰기도 하고요. 한번 쓰면 절대로 벗은 모습은 보여줄 수 없죠.

'모자' 하니까 생각나는 이야기가 있습니다. 다섯 살쯤 되었을 때 도쿄에 사는 어머니의 친구 분 댁에 놀러갔습니다. 제가 집에

가고 싶지 않다고 전철 안에서 꽤나 툴툴거렸나 봅니다. 난처해지신 어머니가 내 턱에 걸려 있던 모자의 고무를 잡아당기더니 탕하고 놨습니다. 저는 그것을 전혀 기억하지 못했는데, 최근에 어머니께서 "네게 사과해야 할 게 있단다."라며 평소와 달리 진지하게 말씀하시더군요.

그 옛날 자신이 울린 딸에 대한 기억이 두고두고 마음에 걸리셨던 모양입니다. 저는 60여 년이 지나도 미안함을 떨쳐내시지 못한 어머니의 마음에 그만 숙연해졌습니다. 지금도 거리에서 모자를 쓰고 있는 여자아이를 보면 갑자기 어린 시절의 모자 이야기가 떠올라서 기분이 묘해집니다.

애정이 듬뿍, 골동품 은 식기

　여행의 즐거움에는 여러 가지가 있다고 하잖아요. 제게는 골동
품 구경이 그중 하나랍니다. 남편도 은 식기를 좋아해서 해외로
여행을 가면 꼭 골동품 가게를 둘러보게 되고요. 마음에 드는 은
식기를 찾느라 여기저기 참 많이 다니는 편이에요.

　은 식기라고 해서 부피가 크고 거창한 거라고 생각진 마세요.
우리 부부는 포크, 나이프, 스푼 같은 커트러리 종류나 케이크 서
버, 찻잎을 거르는 티 스트레이너, 각설탕을 집는 작은 집게, 귀이
개로 착각할 만큼 작은 스푼 등 트렁크 한쪽 귀퉁이에 쏙 들어가
는 크기의 것만 사거든요. 너무 크면 부담스럽잖아요.

　사실 젊었을 때는 우아한 티 포트에 홀딱 빠져서 거창한 은 식
기 세트를 보물처럼 싸들고 돌아오기도 했죠.

　하지만 지금은 다르답니다. 골동품으로서의 가치와 가격을 생

지금 우리들의 삶을 찬찬히 살펴보면,
너무 편리하고 간편한 쪽으로만 흘러가는 게 아닌가 하는 생각이 들어요.
늘 손질하고 잘 사용하지 않으면 안 되는 것에 애정을 듬뿍 줘보세요.
삶의 질이 높아진다는 게 별건가요?
이렇게 작은 것을 소중하고 정성스레 사용하는 것부터 시작되는 게 아닌가.
저는 그렇게 믿고 있어요.

각하기보다는 일상 속에서 즐겨 사용할 수 있는 것, 나만의 독특한 사용법이 떠오르는 것을 고르려고 하죠.

집에 돌아오면 저도 모르게 들떠서 순식간에 포장을 풀어버리고 아담한 은식기들을 반짝반짝 윤이 나도록 깔끔하게 손질해요. "이제 넌 우리 집 아이란다."라고 다정하게 말을 건네면서 말이죠. 그러고는 원래 있는 터줏대감들과 이래저래 짝을 맞춰 봐요. 이 작은 스푼은 시치미(일곱 가지 향신료를 섞어서 만든 양념-옮긴이)와 깨 같은 양념통에 제격이야, 이 서버는 흙 맛이 나는 이 큰 접시에 딱 맞네, 그런데 칠기하고는 좀 아닌 것 같아, 하면서 어떻게 사용하면 좋을까 즐거운 궁리를 해요. 제 짝을 찾으면 "그래, 난 역시 물건 볼 줄 안다니까!" 하고 자화자찬을 하기도 하고요.

은 식기는 사용하지 않고 그냥 보관해 두면 색이 거무튀튀해지니까 부지런히 써야 한답니다. 지금 우리들의 삶을 찬찬히 살펴보면, 너무 편리하고 간편한 쪽으로만 흘러가는 게 아닌가 하는 생각이 들어요. 늘 손질하고 잘 사용하지 않으면 안 되는 것에 애정을 듬뿍 줘보세요. 삶의 질이 높아진다는 게 별건가요? 이렇게 작은 것을 소중하고 정성스레 사용하는 것부터 시작되는 게 아닌가, 저는 그렇게 믿고 있어요.

내 생활의 모든 것, 스프링 노트

큰 스프링이 달린 두꺼운 노트입니다. 잘 보면 색 바랜 녹색 표지에 왕관을 쓴 새가 꽉 찍혀 있습니다. "이것을 열면 모든 것을 알게 될 것이다."라고 하면 너무 과장된 표현일까요?

하지만 이 노트에는 제가 매일 하는 일과 연락사항, 전화번호, 주소, 아이디어 등이 빼곡하게 적혀 있습니다. 하루 일과를 끝내고 내일 할 일을 간략하게 적어 놓은 페이지도 있고, 아침 일찍 일어나서 갑자기 떠오른 새로운 레시피를 잊어버리기 전에 얼른 적어 놓은 페이지도 있습니다. 가지런한 녹색 줄에는 자유롭게 괴발개발 적었고요. 감동받은 말이나 마음에 남는 말, 금방 외운 영어 문장 등 잊어서는 안 되는 중요한 사항은 색깔 펜으로 적어서 눈에 띄게 강조해 놓았답니다.

어느 날의 항목을 한번 살펴볼까요? 고양이 발톱 갈기, 지하실

테이블 이동, 선반 정리, 보관용기 라벨 만들기, 그리고 인사 편지와 원고 다시 검토하기 등이 적혀 있네요. 보통 집안일 외에 그날 할 일을 이렇게 메모해 두는 것은 오래된 습관입니다.

노트를 넘기면 1년 동안 일어난 일, 만난 사람, 스스로 신경 쓰고 있는 일, 중요하게 지키고 있는 일 등을 알 수 있습니다. 고민이나 곤란한 일이 생기면 녹색 스프링 노트를 열어 봅니다. 그러면 '해결 방법은 내 안에 있다.'고 노트가 가르쳐 주거든요.

삐뚤삐뚤 만들어 요긴하게 쓰는 파우치

저는 작은 주머니를 좋아합니다. 평소 들고 다니는 가방이나 바구니가 꽤 큰 사이즈라서 작은 물건들을 금방 찾을 수 있도록 작은 파우치에 나눠서 가지고 다닙니다. 예를 들면, 카메라와 충전기는 서로 부딪혀서 다치지 않도록 다른 주머니에 넣어 두고, 사탕이나 약, 손수건, 티슈, 휴대용 음악 플레이어, 문구, 액세서리를 따로 넣는 파우치도 있습니다(이렇게 많이 들고 다니지 않아도 되지 않느냐고 하지만, 제가 좀 걱정이 많은 편이라서 말이죠). 큰 가방 속을 뒤집어서 찾지 않아도 되도록 정리정돈을 좋아하는 저는 종류별로 나눠서 작은 파우치에 수납을 합니다. 그러면 한참을 뒤적거리지 않고 금방 찾을 수 있죠.

사진의 파우치는 모두 제가 직접 만든 아이들입니다. 끈이 달린 토드백 스타일도 있고, 입구를 조이는 스타일도 있고, 지퍼가 달린 것도 있죠. 와인 잔, 병, 머그 잔, 양말 등의 모티브를 아플리케

했습니다.

아이들이 어릴 때는 유치원이나 초등학교에서 사용하는 주머니나 소품에 자주 자수나 아플리케를 해 줬습니다. 새로운 디자인이 완성될 때마다 직접 만드는 것을 좋아하는 학교 엄마들과 공유하며 즐거워했던 기억이 납니다.

요즘 다시 아플리케가 좋아져서 모양을 잘라 재봉틀로 지그재그로 박아가며 이것저것 만들어 봅니다. 냄비와 커트러리, 티셔츠, 샌들 등을 모티브로 선택하는 이유는 생활 속에서 제가 좋아하는 것들이기 때문입니다. 옛날부터 손 박음질은 아니지만 재봉틀로 삐뚤빼뚤 박음질해서 만드는 걸 좋아했지요. 귀엽잖아요! 일부러 자랑하고 싶어지는 그런 파우치를 가지고 있는 것만으로 기분이 좋아진답니다.

행복을 담은 둥근 그릇

예전에 살던 요코하마 집에서는 식기를 전부 선반 속에 수납했습니다. 지금의 집으로 이사 오고 나서는 주방을 여러 번 리폼하면서 숨기는 수납에서 보이는 수납으로 수납법을 바꿨습니다. 현재는 주방 한 면을 오픈 수납장으로 만들었습니다.

그런데 죽 둘러보고 느낀 점이 한 가지 있어요. 마치 선반의 악센트처럼 '입이 달린 그릇'이 많다는 사실입니다. 놀랍게도 입이 하나만 달린 그릇, 접시는 말할 것도 없이 양식기와 금속제 물 따르는 그릇까지 모양도 종류도 무척 다양하더군요.

입 달린 그릇에 마음을 빼앗긴 이유는 우선 모양새가 재미있고 또 표정이 풍부하기 때문입니다. 하지만 그보다 더 큰 이유는 역시 늠름한 모양새 때문이 아닐까 싶습니다. 입을 왼쪽으로 향하게 하고 식탁 위에 두면 그것만으로 분위기가 확 바뀌거든요. 가장자

리를 살짝 비틀어서 입을 만든 것뿐인데, 소박한 아이부터 단아한 아이까지, 입에서 만든 사람의 마음이 전해집니다. 국물을 따른다는 그릇으로서의 역할 외에도 음식을 담기도 하고 정원의 꽃을 꽂아서 화병으로 쓰기도 하고 또 인테리어 소품으로도 사용합니다.

특별한 추억이 담긴 '입 달린 그릇'을 소개합니다. 사진의 두 도기는 아이들 결혼식에서 손님들에게 선물로 드린 것입니다. 흙갈색 그릇은 아들의 결혼식, 녹색 유약 그릇은 딸의 결혼식 때 손님들에게 선물로 돌린 것입니다. 둘 다 아라키 요시타카 씨의 작품이죠. 결혼식에 맞춰서 특별히 주문했답니다. 아이들 결혼식에 부모가 이러쿵저러쿵 훈수를 두지 말자고 마음먹고 있었는데, 아이들이 먼저 "손님들 선물로 어떤 게 좋을까요?"라고 묻더군요. 그래서 가족끼리도 친하고 오랫동안 알고 지낸 아라키 씨에게 제가 좋아하는 '입 하나만 달린 그릇'을 만들어 달라고 부탁했습니다. 생각해 보면 제가 이렇게 그릇에 푹 빠지게 된 것도 다 아라키 씨와의 만남 덕분입니다. 둥그린 그릇에 행복을 가득 담아서 매일매일 즐겁게 살아가길 바라는 마음, 아이들의 결혼식 선물에 담긴 제 소망입니다.

주인을 닮은 남편의 의자

이유는 모르지만 남편은 의자를 좋아합니다. 그래서 우리 집에는 접이식 동글 의자에서 듬직한 소파까지 다양한 모양의 의자가 있습니다. 그중에서도 현관에 놓인, 남편을 닮은 앤티크 의자를 소개하려고 합니다. 제가 '남편의 의자'라고 멋대로 이름을 붙였답니다. 결혼 전부터 남편이 쓰던 의자거든요. 결혼한 지 39년째니까 이 의자는 50년(반세기!) 가까이 남편과 함께해 온 동지군요. 마누라인 저보다도 훨씬 더 오랜 세월을 함께한 셈이죠.

결혼한 지 얼마 되지 않았을 때의 일입니다. 남편은 마음에 드는 천을 발견했다며 들고 오더니 가위로 싹둑싹둑 자르고 재봉틀로 둘둘 박아서 익숙한 손놀림으로 천을 바꾸더군요. 남자가 재봉틀을 돌리고 있는 모습을 보는 것도 처음인데다가 의자의 천갈이까지 하는 걸 보고 정말 놀랐습니다. 몇 번 아니 몇십 번이나 천갈

이를 한 거겠죠. 지금도 계절이 바뀌는 환절기가 되면 어떤 천이 좋을까 하고 고민하는 것 같습니다. 올봄에 고른 것은 광택이 있는 부드러운 오렌지색 타이실크였어요. 약간 광택이 있는 천이 의자의 브론즈색 등받이와 다리에 잘 어울린다고 제게 설명해 주더군요.

이 의자는 현관 장식을 하는 콘솔과 쌍으로 맞춰서 현관에 두는 일이 많습니다. 외출할 때 잠깐 걸터앉아서 신발을 신거나 이야기를 하기도 하고 인테리어의 악센트가 되기도 하고……. 그곳에 존재하고 있다는 것만으로 안심이 되는 '남편의 의자'는 제 주인을 닮아서 늘 저를 기쁘게 한답니다.

언제나 함께, 부부 젓가락

우리 부부가 결혼 25주년을 맞았을 때 구입한 부부 젓가락은 긴 쪽이 남편 것, 짧은 쪽이 제 것입니다. 상아로 만든 소박한 젓가락 이죠. 상자의 무늬는 우리 집을 상징하는 밤나무 잎 모양으로 멋을 냈어요(저자의 이름인 구리하라의 구리가 밤을 뜻한다-옮긴이). 물론 제가 디자인 하고 칠기로 만들었죠. 부부 젓가락을 손에 쥐면 우리가 함께 매일 건강하게 보내는 이 평범한 행복이 가슴에 스며들면서 짠해져요.

스물한 살 때 남편을 만났어요. 당시 방송국 아나운서였던 남편 은 바다를 좋아해서 자주 시모다에 놀러갔어요. 어느 날 저를 점 심 식사에 초대하더군요. 그래서 가봤더니 세상에나, 멋진 테이블 에 런천 매트가 깔려 있고 그 위에 커트러리가 세팅되어 있는 거 예요. 게다가 식전 술로 루비색 상그리아가, 메인 디시로 티본스 테이크가 나왔고요. 사실 일본 전통 생활방식밖에 몰랐던 저는 모

부부 젓가락을 손에 쥐면
우리가 함께 매일 건강하게 보내는 이 평범한 행복이
가슴에 스며들면서 짠해져요.

든 것이 다 신기했어요. 가슴이 두근거리는 경험이었죠. 그때의 설렘을 지금도 잊을 수 없다니까요. 그리고 스물여섯에 결혼을 했어요. 부엌 창에는 깅엄체크 커튼을 달고, 직접 만든 잼과 피클을 병에 담아서 예쁘게 진열하고, 아침 식사로 빵과 밀크티를 준비했죠. 외국 잡지의 한 페이지를 보는 듯한, 너무나 멋진 생활이 이어졌어요. 좋아하는 사람과 꿈에 그리던 생활을 시작하게 된 거죠.

그로부터 40년 가까이 세월이 흘렀네요. 전업주부로 그저 즐겁게 생활하자고 하던 것이 어떻게 생각지도 못하게 바쁜 인생이 되어버렸어요.

부부의 정을 다시금 느끼게 된 것은 결혼 25주년을 맞이하던 즈음이었어요. 아이들이 모두 독립하고 남편과 둘만의 생활이 다시 시작되었죠. 그 옛날 꿈에 넘치던 달달한 신혼 때 기분과 함께 생활하는 행복을 느끼면서 살고 싶어졌어요. 이 젓가락에는 그런 제 마음이 담겨 있답니다.

운동화가 어울리는 멋진 사람

제가 운동화를 신게 된 것은 최근 몇 년 사이의 일입니다. 키가 155센티미터로 그다지 큰 편이 아니어서 늘 굽이 높은 신발이나 샌들을 신었습니다. 그런데 어느 날 딸아이와 쇼핑을 갔는데, 딸아이가 "엄마, 운동화가 어울리는 사람이 되면 멋지지 않을까?"라고 말하는 거예요. 그때는 그렇게 귀담아듣지 않았지만 그 후 운동화를 볼 때마다 딸의 말이 자꾸만 떠올라 '한번 신어볼까?' 하는 마음이 생겼습니다.

운동화가 어울리는 여자는 어떤 여자일까? 다리가 긴 사람? 아니면 꾸미는 데 관심이 없는 사람? 이런저런 생각을 하면서 운동화를 신고 거울을 봤습니다. 운동화를 신으면 짧은 다리도 작은 키도 숨길 수가 없죠. 하지만 나이를 먹은 지금이야말로 하이힐을 신어서 멋을 부리기보다 있는 그대로의 자신을 표현하는 게 좋을

운동화를 신으면 짧은 다리도 작은 키도 숨길 수가 없죠.
하지만 나이를 먹은 지금이야말로 하이힐을 신어서 멋을 부리기보다
있는 그대로의 자신을 표현하는 게 좋을지도 모른다는 생각이 불현듯 들었습니다.
이제 현관에는 색 바랜 파란색 운동화가 늘 대기하고 있답니다.
언제든지 신고 나갈 수 있도록 발끝은 밖을 향해 놓아두었고요.

지도 모른다는 생각이 불현듯 들었습니다. 별생각 없이 던졌을 딸 아이의 한마디 말에 신게 된 운동화지만 덕분에 있는 그대로의 제 자신을 받아들이게 되었습니다.

이제 현관에는 색 바랜 파란색 운동화가 늘 대기하고 있답니다. 언제든지 신고 나갈 수 있도록 발끝은 밖을 향해 놓아두었고요. 마음에 드는 청바지에 너무 많이 빨아서 색이 바랜 운동화를 신고 등을 꼿꼿이 편 다음 성큼성큼 걷는 거죠. 운동화가 몸에 익숙해 지도록 매일 신고 있습니다. 운동화를 닮은(청초한?) 여자가 되려고 지금도 운동화 신기를 바지런히 실천한답니다.

소중히 간직해 온 귀여운 아기 옷

베이지색에 물색 땡땡이, 물색 가장자리, 귀여운 방울, 투명한 버튼의 귀여운 털 스웨터는 남편이 아기일 때 시어머니가 직접 만든 옷입니다. 딸 도모가 태어나자 시어머니께서 "혹시 괜찮다면 쓰렴." 하고 가지고 오셨죠. 시어머니의 멋진 센스가 넘쳐나는데다 오랫동안 소중하게 보관해 오신 아기 스웨터에서 남편에 대한 시어머니의 무한 애정이 느껴집니다. 소중한 보물을 물려받은 거죠. 딸 도모뿐만 아니라 아들 심페이에게도 입혔습니다. 그 후에는 제가 소중히 보관하고 있습니다. 이 스웨터를 손에 들면 출산과 육아의 추억이 주마등처럼 지나갑니다.

제가 요리 일을 시작한 것은 도모가 초등학교 1학년, 심페이가 막 유치원에 들어가려던 무렵이었습니다. 큰 맘 먹고 이어받기로 한 방송국 일이 아침 일찍 시작하기 때문에 아이들에게 뜻하지 않

게 고생을 시키는 꼴이 되었습니다. 도모에게 심페이를 깨워서 옷을 갈아입히고 준비해 둔 아침밥을 데워 먹은 다음 집 문을 잠그고 학교에 가라고 일러두었습니다. 심페이에게는 누나 말을 잘 듣고 같이 집을 나서서 유치원에 갈 때 이웃사촌 집에 좀 가 있으라고 했죠. 물론 이웃에게도 부탁을 해뒀고요. 아이들도 어머니가 열심히 일하는 것을 이해했나 봅니다. 늘 저를 도와주었거든요.

지금 생각하면 어린 두 아이에게 너무 힘든 일을 시켰던 게 아닌가 하는 생각도 듭니다. 제가 여기까지 올 수 있었던 것은 가족과 주위 사람들의 도움 덕분입니다. 또 일을 계속할 수 있는 것도 도모와 심페이가 저를 이해해 주고 제 편이 되어 주었기 때문이죠. 그래서 저는 늘 아이들에게 감사한 마음을 갖고 있습니다. 시어머니가 짠 스웨터는 햇볕에 잘 말려서 손자에게 입힐 날만을 손꼽아 기다리고 있습니다.

두루두루 쓰는 작은 타월

　어느 날 머리를 감고 나서 타월로 머리를 돌돌 말고 세면대를 정리하고 있었습니다. 그런데 움직일 때마다 타월이 떨어져서(열심히 걸레질을 하고 있었답니다) 얼마나 불편한지, 딱 맞게 늘어나는 타월이 있으면 좋겠다는 생각을 했습니다. 게다가 매일 사용해도 지겹지 않은 귀여운 디자인이면 더 좋고요. '노비노비 타월(노비노비는 쭉쭉 늘어난다는 뜻의 일본어-옮긴이)'은 그렇게 해서 탄생했습니다. 스트레치 실을 사용했기 때문에 적당하게 늘어나기도 하고 줄어들기도 해서 참 마음에 듭니다.

　고안자로서 오리지널 사용법을 소개할게요. 우선 깨끗하고 새 것일 때는 면 머플러로 목에 감습니다. 비행기를 타고 긴 시간 동안 가야 할 때는 목을 이중으로 감으면 따뜻하기도 하고 목도 고정되어 편안한 자세를 유지할 수 있죠. 때론 미니 에이프런처럼

허리에 두르기도 합니다. 타월이라서 깔끔한 에이프런 위에 겹쳐서 사용하는 거지요. 더러워지면 타월만 세탁하면 되거든요. 타월 양 끝을 쥐고 늘이거나 줄이면서 집안일 도중에 스트레칭을 할 때 사용할 수도 있습니다. 사실 이것이 강추 사용법입니다! 좀처럼 운동할 시간이 나지 않기 때문에 짬짬이 하는 스트레칭이 정말 중요하거든요. 하루에 몇 번만 하면 몸이 풀리고 시원해진답니다.

아무도 생각지 못했던 아이디어를 떠올리는 것이 정말 재미있어서 견딜 수가 없습니다. 타월 한 장으로 삶의 즐거움이 늘어난 기분이 들어요. 새로운 활용법이 떠오르면 다시 알려드리죠.

안경이 필요한 나이

제 작은 자랑거리 중 하나가 좋은 시력이었습니다. 그런데 50대에 접어든 어느 날부터 노안경이 필수품이 되었습니다. 노안경이라고 하면 부정적인 이미지가 강하지만 어차피 써야 하니까 즐겁게 사용하고 싶더군요. 머리를 싹둑 잘라버린 것도 아마 그즈음이었을 거예요. 가벼워진 머리 덕분에 안경도 액세서리를 걸치는 것 같은 기분으로 쓸 수 있게 되었죠. 날마다 사용해야 하니까 실용성이 중요하지만, 그렇다고 심심한 것도 싫더군요. 그래서 재미난 부분이 필요하겠다 싶었죠.

저는 안경 하나로 이것저것 다 하기보다는 목적에 맞춰서 안경을 바꿔 쓰고 있는데, 이게 참 재밌어요. 예를 들면 책이나 자료를 읽거나 영어를 공부하는 등 장시간 안경을 써야 할 때는 안경점에서 검안해서 만든 안경을 씁니다. 그 밖에 짧은 시간 쓸 안경은 색

상이나 디자인을 고려해서 고릅니다. 일종의 기분 전환인 셈이죠. 사진 위쪽의 브라운 선글라스는 요즘 제가 가장 좋아하는 원근용 노안경입니다. 보통 외출할 때나 휴대전화로 검색을 하거나 메일을 보낼 때 편리하게 사용하죠. 옅은 색이라서 계속 쓰고 있어도 전혀 피곤하지 않아요. 아래쪽의 파란색 안경은 미용실용입니다. 머리카락을 염색할 때는 안경을 귀에 걸고 있을 수 없잖아요. 그래서 한쪽에 홀더가 달린 안경을 목에서 떨어뜨려 손에 쥘 수 있도록 했습니다. 멋지죠?

외국에 가면 독특한 안경이 많은 것 같아요. 그래서 늘 잡화상이나 약국에 들러서 노안경 쇼핑을 합니다. 그리고 독특한 디자인을 발견하면 색이 다른 걸로 몇 개를 구입해서 저와 비슷한 처지의 친구들에게 여행 선물로 돌리기도 하죠. 노안경과 친해지면서 생긴 새로운 즐거움이라고나 할까요.

상처 난 의자 보듬기

부엌 안쪽에 있는 흰색 문은 구리하라 하루미 월드로 들어가는 문입니다. 제가 일하는 방의 정면 벽 쪽에는 화사한 꽃무늬가 있는 레몬옐로색 바탕에 큰 의자와 오트만(ottoman. 긴 의자-옮긴이)이 있습니다. 이 의자는 편안하게 앉아서 휴식을 취할 수 있죠. 그래서 몇 번이나 천을 갈아서 쓰고 있을 만큼 좋아합니다. 그런데 딱 한 가지 고민이 있습니다. 일하는 방에는 저 말고도 또 한 명의 출입자가 있습니다. 바로 장난꾸러기 SADA. 이 어르신이 한밤중에 소파 천에 손톱을 간답니다. 제가 발견할 때는 늘 일이 벌어진 다음이죠. 런던에서 사온 디자이너스 길드 천도 천갈이한 지 얼마 되지 않았을 때 엉망으로 만들어 놔서 정말 화가 났답니다.

하지만 SADA를 야단친다고 뾰족한 수가 나오는 것도 아니어서 뭔가 좋은 아이디어가 없을까 고민했습니다. 그때 생각해낸 것

일상에서 크고 작은 사건들은 날마다 일어납니다.
그럴 때마다 고민하기보다는 역발상으로
어떻게 하면 긍정적으로 풀어볼까 생각해 보는 것도 재미있지 않을까요?

이 가지고 있는 천으로 아플리케를 하는 것이었습니다. 실험해 보니 꽤 효과가 좋더군요. 이제 발톱갈기쯤은 무섭지 않답니다(물론 한밤중에는 의자에 커버를 씌웁니다). 오히려 긁어 놓으면 아플리케를 하면 되니, 아플리케를 할 수 있다는 즐거움에 도리어 어디 긁어 놓은 데가 없나 찾게 되죠. 일상에서 크고 작은 사건들은 날마다 일어납니다. 그럴 때마다 고민하기보다는 역발상으로 어떻게 하면 긍정적으로 풀까 생각해 보는 것도 재미있지 않을까요? 일상의 작은 기쁨은 그렇게 시작된답니다.

꽃과 잎 모양으로 자른 천으로 아플리케를 했습니다. 이렇게 수선하다 보면 물건을 소중히 여기는 마음도 생기고 또 물건에 더 애착을 느낍니다.

나를 위한 아름다운 선물, 진주

스무 살 때 처음으로 진주를 받았습니다. 목걸이와 귀걸이, 그리고 반지가 한 세트인데, 성인의 날 기념으로 어머니가 사주셨어요. 얼마나 좋았는지 거울 앞에서 몇 번이고 해보면서 이리저리 포즈를 취했던 기억이 납니다. 그때의 진주 세트는 지금도 부드러운 천으로 잘 닦아서 소중하게 보관하고 있습니다.

언제부터였더라, 기념으로 진주 액세서리를 하나씩 갖추게 되었습니다. 다음 쪽의 아주 심플한 진주 목걸이는 특별한 추억이 담긴 것입니다. 지금부터 8년 전에 영국에서 출판된 『*Harummi's Japanese Cooking*』(한국어판은 『전하고 싶은 일본의 맛』)이 구르망 세계요리책대상(Gourmand World Cookbook Awards)에서 그랑프리를 수상했을 때 샀거든요. 열심히 해온 제 자신에 대한 칭찬이라고나 할까요. 부드럽게 빛나는 흰색의 정갈함과 깨끗함, 그리고 아름다움은 자연이 키워

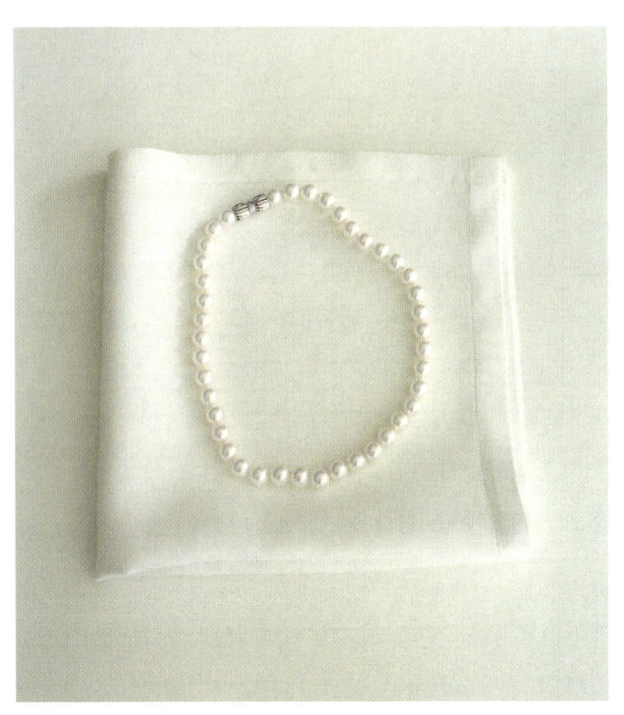

선지 온화하면서도 그 무게감이 남달라 보입니다. 그래서 진주는 아무리 봐도 질리지 않습니다.

진주는 정장을 입을 때나 특별한 날만이 아니라 보통 때도 편하게 하고 다닐 수 있어서 좋습니다. 저는 티셔츠나 스웨터, 청바지를 입을 때도 진주 목걸이를 합니다. 멋 내지 않은 듯 멋을 낸 스타일을 좋아하거든요. 기쁜 일이 있을 때마다 조금씩 늘어가는 저의 작은 진주 컬렉션은 지금까지의 행복한 시간을 고스란히 담고 있습니다. 거기에서 저는 현재의 삶과 미래의 활력을 얻습니다.

일상을 담는 카메라

요리연구가로 일을 시작한 지도 벌써 30년이 지났습니다. 제가 만든 요리만이 아니라 어떨 때는 제 자신이 잡지나 신문에 등장하는 일도(부끄럼을 많이 타는 저는 아무래도 익숙해지지 않습니다) 있습니다. 그래서 사진을 접할 일이 많지요. 요 몇 년 전부터 '나도 한번 찍어 볼까?'라는 생각을 해왔습니다.

찍고 싶을 때 바로 찍을 수 있도록 부엌에 두고 애용하고 있는 것이 소니 카메라입니다. 사용법은 친한 카메라맨들에게 물어서 배웠습니다. 그렇게 익힌 솜씨로 얌전하게 졸고 있는 SADA의 모습을 종종 찍지요. 또 점심으로 만든 따뜻한 조림을 입 달린 그릇에 담아서 찍기도 하고, 정원 청소를 하면서 어제까지 꽃망울을 오므리고 있던 장미가 아침 이슬을 머금으며 활짝 피어나려는 순간을 포착해 찍기도 하죠. 그리고 어떨 때는 가족이나 함께 일하

는 스태프의 모습을 가까이서 찍기도 합니다. 렌즈를 보면 여성들은 한결같이 "예쁘게 찍어 주세요."라고 입을 모읍니다. 아무리 나이를 먹어도 여자는 여자인가 봅니다. SADA의 사진은 계간지 『*haru_mi*』에도 매번 게재하고 있습니다. 늘 혼자 보면서 대견하게 생각하죠. 일종의 힐링이랍니다.

지금까지 찍히기만 하던 제가 요리하는 사람으로서 강조하고자 하는 부분을 사진으로 남기고 싶은 마음이 조금씩 커지고 있습니다. 레시피를 생각해서 요리를 만들고 그것을 찍어서 문장으로 남기다 보면, 언젠가는 혼자서 책을 만들 수도 있겠지요. 사실 한번 도전해 보고 싶습니다. "간절히 바라면 이루어진다."는 말을 철석같이 믿고 오늘도 카메라를 한 손에 쥔 채 꿈을 향해서 셔터를 누릅니다.

기분에 따라 바꾸는 현관 장식

　현관 장식은 제가 늘 신경을 쓰는 일상의 한 부분입니다. 아이들이 태어나서 익숙하지 않은 육아와 집안일에 쫓기던 때였어요. 매스컴과 관련된 일을 하는 남편은 바빠서 얼굴 보기도 힘들었습니다. 전화라도 해주면 좋으련만, 집안일을 좀 도와주면 좋으련만, 그렇게 생각했던 적이 수없이 많았습니다. 하지만 제 속마음을 말로 뱉어버리면 남편도 저도 기분이 상할밖에요. 그래서 생각을 바꿨습니다. 상대방에게 따지거나 기대를 하지 말고 스스로 즐거워질 수 있는 일을 찾아보자고 말이죠. 그러자 생활 속에서도 약간 아이디어를 내면 즐거워질 수 있는 일이 얼마든지 있다는 것을 알게 되었습니다.

　제일 먼저 생각난 것이 바로 가족이 출입하는 현관 신발장의 선반이었습니다. 그 작은 공간 안에 계절 감각을 불어넣기로 했습니

다. 현관 장식은 그렇게 시작되었죠. 술병에 방금 핀 정원의 꽃을 꽂거나, 유리잔에 향이 좋은 포푸리를 넣어서 꾸미거나, 여행지에서 주워온 작은 돌을 유리그릇에 넣고 물을 담거나 하면서 계절의 느낌을 표현했습니다. 그런 작업을 하는 것이 즐거워서 계속했고, 계속하니까 소문이 나서 손님들이 찾아왔고, 찾아온 손님들에게 칭찬을 들으니까 더욱 신이 나서 작업에 열중하게 되었죠. 그러면서 내일은 또 어떤 장식을 할까 생각하는 것이 자기 전의 습관으로 자리 잡았습니다.

지금 우리 집 현관에는 선반이 없습니다. 그 대신 작은 테이블과 콘솔을 두거나, 의자 혹은 이동할 수 있는 선반 등으로 공간 디자인을 염두에 두고 현관을 꾸미고 있죠. "안녕하세요. 어서 오세요." "고맙습니다. 또 오세요."라는 인사처럼 반갑고 고마운 마음을 담아 매일매일 장식을 바꾼답니다.

따뜻한 음식에 담긴 행복의 맛

첫 마음의 따끈한 추억, 시폰케이크

제가 과자를 알게 된 건 순전히 시폰케이크 덕분입니다. 시폰케이크와의 감동적인 첫 만남은 30년도 훨씬 전의 일입니다. 당시 친하게 지내던 독일인 선교사의 부인으로부터 만드는 방법을 직접 배웠습니다. 모양도 모양이지만 한껏 부풀어 오르는 게 매우 신기했던 케이크이지요. 그 폭신폭신한 감촉과 입안에서 사르르 녹는 부드러움이란! 그때의 감동을 지금도 잊을 수가 없습니다.

그날부터 저는 시폰케이크 만들기에 푹 빠졌습니다. 당시 일본에는 시폰케이크 틀이 없었습니다. 그래서 금형 장인에게 부탁해서 틀을 만들었고, 그 틀로 날마다 시폰케이크를 구웠습니다. 얼마나 열심히 만들었는지, 세상에, 남편이 수입 대형 오븐을 선물로 사줬답니다.

당시 텔레비전 프로그램의 어시스턴트로 막 일을 시작했던 저

소소한 것이라도 꾸준히 계속해 나가면 자신감을 얻게 되고
강해질 수 있다는 것을 시폰케이크를 통해서 알게 되었지요.
지금도 만들 때마다 여러 가지 추억이 떠오릅니다.
그 추억들이 저를 첫 마음으로 돌아가게 해줍니다.

는 스튜디오에 갈 때마다 시폰케이크를 구워서 가지고 갔습니다. 스태프 분들이 무척 좋아하며 맛있게 먹어주셨지요. 시폰케이크 덕분에 그분들과 더 친해지고 방송에서 덜 긴장하게 되었습니다. 직장에서 처음으로 인정받는 기분이라니! 사실 당시 저는 거의 3년 동안 육아와 일을 병행하고 있어서 매우 힘든 시절을 보내고 있었습니다. 하지만 시폰케이크 덕분에 조금씩 자신감을 얻게 되었지요.

지금까지 시폰케이크를 아마 만 개는 구웠을 것입니다. 소소한 것이라도 꾸준히 계속해 나가면 자신감을 얻게 되고 강해질 수 있다는 것을 시폰케이크를 통해서 알게 되었지요. 지금도 만들 때마다 여러 가지 추억이 떠오릅니다. 그 추억들이 저를 첫 마음으로 돌아가게 해줍니다. 어쩌면 시폰케이크는 제 자신을 다시 단단하게 하는 존재일지도 모르겠습니다.

오늘도 추억의 스파이스 시폰케이크를 구워볼까요?

먹을수록 맛있는 평범한 음식들

따끈따끈한 김이 폴폴 올라오는 흰 쌀밥, 정성껏 뺀 맛국물로 끓인 뜨끈뜨끈한 미소시루(일본식 된장국—옮긴이), 사각사각 맛좋은 소리가 나는 채소절임. 사치스럽지는 않지만 몸에 좋고 먹으면 먹을수록 맛있는 식단입니다. 금방 지은 흰 쌀밥을 꼭꼭 씹고 있으면 정말 행복하다는 생각이 듭니다.

아이들이 독립하고 우리 부부만 살게 되면서 한 끼에 짓는 밥의 양도 많이 줄어 이제는 쌀 한 컵 정도면 충분합니다. 하지만 "자고로 밥은 맛있어야 해!"라는 나름의 '밥' 철학을 가진 남편을 위해서 저는 쌀을 씻는 방법과 물의 양에 여간 신경을 쓰는 게 아닙니다. 쌀밥을 좋아하는 저는 해외에 출장을 가더라도 부엌이 딸린 아파트를 빌려서 밥을 짓습니다. 보통은 전기밥솥을 사용하지만 밑이 두꺼운 솥이나 질그릇 냄비로 짓기도 해요. 밥만 지을 수 있다면 어

디를 가든 안심이 되죠. 금방 지은 밥은 제 활력의 원천이니까요.

흰 쌀밥에 빠질 수 없는 것이 바로 미소시루예요. 그중에서도 두부를 넣은 깨 미소시루는 그야말로 일품이죠. 어머니가 자주 만들어 주신 깨 미소시루는 힘들 때 한 그릇 먹으면 기운이 나는 음식입니다. 저는 시장에서 깨를 사서 만들지만 어머니는 깨를 철 냄비로 볶는 것부터 시작해서 모든 작업을 손수 하셨습니다.

먼저 잘 볶은 깨를 끈적끈적해질 때까지 절구로 빻습니다. 여기에 미소시루를 약간만 넣어서 절구 틈에 낀 깨까지 깨끗하게 걷어낸 다음, 그것을 냄비에 넣고 한 번 끓여요. 그리고 두부를 뭉개서 넣으면 끝이죠. 된장과 깨가 절묘하게 어우러지면서 만들어내는 듬직한 맛은 몸속 깊은 곳까지 따스하게 스며든답니다.

이 깨 미소시루를 런던에서 만들었을 때의 일입니다. 런던의 한 레스토랑의 셰프가 한입 먹어보고는 그 맛에 감동했다며 절찬을 했답니다. 제가 소중하게 여기는 어머니의 맛이 국경을 초월해서 누군가를 행복하게 만들었다는 사실에 정말 기뻤습니다.

어머니를 닮은 일하는 손

엄지손가락부터 새끼손가락까지 힘껏 늘려서 재면 약 20센티미터, 집게손가락부터 엄지손가락까지는 약 18센티미터. 이 수치는 제 손가락 사이의 길이랍니다. 전부터 갖고 싶었던 수납용품이나 가구를 길거리에서 발견했는데 자가 없다면? 그래서 사이즈가 집에 맞을지 어떨지 모르겠다면? 이때 손가락 자를 활용할 수 있습니다. 손가락으로 재어보면 집에 맞는 크기인지, 주방의 선반에 들어갈 수 있는지, 왜건이 일하는 방에 수납이 되는지 등을 알 수 있습니다. 자신의 손이라서 눈치 볼 것 없이 마구 사용할 수도 있고요. 손질, 수고, 손어림…… 등 생각해 보면 손이 들어가는 단어가 꽤 됩니다. 그만큼 손이 많이 쓰인다는 뜻이겠죠. 주부의 손은 특히 쓰이는 데가 많습니다.

엄마는 늘 이렇게 말씀하셨습니다.

"요리는 숫자와 말로 표현할 수 없단다. 맛을 보면서 눈대중, 손어림으로 하니까."

"분량? 요리사도 아니고 그런 거 잰 적 없어. 말린 톳은 엄지손가락, 집게손가락, 가운뎃손가락 세 개로 집은 정도가 1인분이지."

하지만 레시피를 쓰기 위해 정확한 분량이 필요한 저로서는 그런 어머니가 부러울 따름입니다.

그러고 보니 요즘 들어서 제 손이 어머니의 손을 많이 닮았다는 말을 자주 듣습니다. 그다지 의식한 적이 없었는데, 언젠가 사진을 보고 정말 놀랐습니다. 늘 요리와 집안일을 열심히 해오신 어머니! 저는 그 어머니의 손에 제 손을 대어보며 어머니의 가르침과 변함없는 매일의 생활을 소중히 여기겠다고 다시금 다짐해 봅니다.

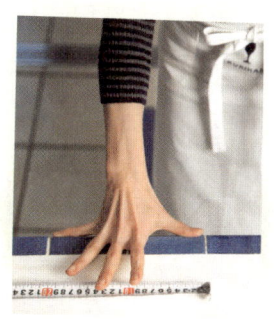

작고 귀여운 센베이

약간 배가 출출할 때 작은 센베이로 주전부리를 합니다. 많이는 필요 없고 한 개나 두 개 정도면 충분하죠. 이소베마키(磯辺巻き, 김을 만 센베이-옮긴이), 튀김 센베이(揚げせんべい, 튀겨서 만든 센베이-옮긴이), 고마센(ごませ ん, 깨를 뿌려 구운 센베이-옮긴이), 가타야키(堅焼き, 딱딱하게 구운 센베이-옮긴이) 등 센베 이는 종류도 다양합니다. 저는 이빨이 튼튼한 편이라서 이런저런 센베이를 거리낌 없이 먹으며 비교해 보기도 합니다. 참고로 제가 좋아해서 주방에 늘 준비해 두는 아이템은 모차렐라 치즈, 후르츠 토마토, 화이트 와인, 참치 뱃살, 김, 낫토, 홍차, 우유, 시바즈케 (紫葉漬け, 가지를 잘라서 시소잎으로 붉게 색을 내고 소금으로 절인 교토의 전통적인 채소절임-옮긴이) 그리고 센베이입니다. 요것들은 절대로 떨어져서는 안 되죠.

최근에 자주 손이 가는 센베이는 미에 현 구와나 시에 가게가 있는 '다가네야'의 다가네 센베이입니다. 제가 센베이를 좋아한다

는 걸 알고 친구가 선물로 가져온 것이 다가네 센베이와의 첫 만남이었죠. 그런데 한번 맛보고 나서는 자꾸만 손이 가는 게 아니겠어요? 도저히 멈출 수가 없어서 결국 직접 주문해서 먹기에 이르렀습니다.

겉은 파삭파삭하고 속은 쫀득쫀득한 센베이. 간장 맛이 적당하게 배어 있는데다가 옛날 방식 그대로 석탄불에 한 장씩 구워내는 소박한 센베이입니다. 그렇다고 평범한 센베이라고 생각지 마세요. 진한 녹차는 물론이고 카페오레와도 잘 어울리는 신기한 센베이랍니다. 또 해 질 녘에 화이트 와인과 곁들여 먹어도 아주 일품이죠.

다가네야의 센베이에는 두 종류가 있습니다. 하나는 길고 두꺼운 타원형 센베이인 '아쓰'이고, 나머지 하나는 얇은 빗 모양의 센베이인 '우스'입니다. 저는 역사가 깊은 '아쓰'의 팬입니다.

하루미의 맛있는 센베이 찾기는 현재진행형입니다.

자연이 준 선물, 말린 식재료

    주방 선반에는 말림 식재료를 넣은 보관용기가 죽 나열되어 있습니다. 톳, 후(麩, 밀가루에서 얻은 글루텐으로 만든 식품-옮긴이), 다카노토후(高野豆腐, 두부를 동결 건조시킨 보존식-옮긴이), 목이버섯, 말린 표고버섯, 다시마, 미역, 당면, 대두, 팥, 검은 콩, 잇콩강낭콩 등이 들어 있지요. 말림 식재료는 잘 보이는 곳에 보관하지 않으면 있는지 없는지도 잊어버려서 잘 사용하지 않게 됩니다. 그래서 가장 눈에 잘 띄는 곳에 두는 게 좋습니다. 우리 집에 놀러 온 손님들도 말림 식재료 보관용기를 보고서는 깜짝 놀랍니다. "잘라서 말린 무 종류가 이렇게나 다양하군요."라면서 말이죠. 그리고 자연이 창조한 다양하고 재미있는 형태에 새삼 놀라는 이도 있습니다.

    맛도 좋고 몸에도 좋은 말림 식재료는 저에게는 어릴 때부터 매우 익숙한 식재료입니다. 말린 표고버섯을 푹 삶은 매콤달콤한 조

림, 예쁘게 매듭지은 다시마조림, 김과 톳 등 친정의 식탁에는 말림 채소를 이용한 반찬이 늘 올라왔습니다. 특히 콩조림은 어머니의 특기로, 콩 종류도 다양하지만 어머니께서 이런저런 조림 방법을 고안해내기도 하셨죠. 대두를 달콤하고 걸쭉하게 조린 부도마메는 어머니도 좋아하셔서 떨어지지 않게 미리 만들어두셨습니다. 어릴 때는 이 부도마메의 맛을 몰랐지만, 지금은 그 깊은 맛과 달달함이 그리워서 가끔씩 만들기도 합니다. 말림 식재료처럼 쉽게 구할 수 있는 식재료는 부모가 귀찮아하지 않고 잘 요리하기만 한다면 아이들도 기꺼이 먹을 겁니다.

말림 식재료를 더욱 즐겁게 사용할 수 있는 보관법을 소개할게요. 사진의 보관용기를 잘 보면 각각 명찰을 달고 있을 겁니다. 예전에는 스티커를 붙였지만 상당히 불편하더군요. 스티커를 떼면 병 표면이 끈적끈적해져서 매우 지저분해지거든요. 그래서 명찰을 천으로 만들었습니다. 말림 식재료의 이름을 자수로 비뚤비뚤 놓았더니 나름 귀엽네요. 어떤 요리가 완성될까요? 기대감과 즐거움이 점점 커집니다.

친구들과 나누는 박하사탕

수다는 사람과의 거리를 가깝게 만들어줍니다. 저는 수다를 떨게 되면 얼른 가방 속 작은 파우치에서 박하사탕을 꺼내 살짝 입에 넣고 오물거립니다. 입 냄새가 신경이 쓰여서죠. 혹시나 입 냄새 때문에 상대방에게 불쾌감을 주는 건 아닐까 불안하거든요. 박하사탕을 오물거리고 있으면 입 냄새도 그렇지만 기분도 산뜻해집니다. 제가 박하사탕을 좋아한다는 걸 아는 친구들은 새로운 박하사탕을 발견하면 꼭 사다줍니다. 저는 밀크 민트 맛의 목캔디를 제일 좋아합니다. 최근 레몬 민트 맛에도 도전했지만요. 새로운 만남을 위한 용기라고나 할까요.

파우치 속에는 옛날부터 좋아한 '첼시(캔디)'도 들어 있습니다. 입냄새 대책이라기보다는 피곤하거나 밥 때를 놓쳤을 때 먹는 비상식품입니다. 초콜릿 맛, 카페오레 맛, 밀크 맛 등 여러 가지 맛이

있다고 해요. 작은 디저트를 먹은 것 같은 만족감에 흐뭇한 마음이 듭니다.

파우치를 뒤적거리며 사탕을 꺼내면 나도, 나도 하며 친구들이 손바닥을 내밉니다. "순서대로, 알았지?" 하며 나눠줄 때면 마치 어린아이로 돌아간 것 같습니다. 이게 너무 즐거워서 제 파우치는 늘 배가 볼록하답니다.

요리를 재미있게 해주는 맛보기 컵

"하미짱, 맛 좀 봐줄래?"

주방에서 어머니가 저를 부릅니다. 그러면 얼른 뛰어가서 작은 맛 접시로 맛을 봅니다. 어머니께서 요리를 가르쳐주신 적은 없지만 어릴 때부터 어머니 옆에서 맛보기 담당을 한 덕분인지 미각이 꽤 단련되어 있습니다.

지금도 레시피를 만들 때만이 아니라 요리를 할 때면 반드시 맛을 봅니다. 마지막에 맛만 확인하는 게 아니라 몇 번씩 맛을 봅니다. 채소 맛도 보고 조미료도 핥아보고 불로 익히고 나서 맛보고 다시 데우고 나서 맛보고 신경이 쓰일 때마다 계속해서 맛을 보지요. 레시피대로 해도 계절과 재료의 조합, 그날의 몸 상태에 따라 맛이 달라지거든요. 그래서 그때마다 혀로 직접 확인하면서 가장 맛있는 맛, 우리 집의 맛을 내려고 노력합니다.

요리는 레시피대로 만들었다고 다가 아니에요.
마치 진화를 계속하는 생물과 같죠.
그래서 재미있어요.

사진의 소꿉장난에서나 쓸 것 같은 미니 컵은 제가 디자인한 '맛보기 컵'입니다. 요리를 할 때는 꼭 맛을 보자는 마음을 담아서 만들었습니다. 요리는 레시피대로 만들었다고 다가 아니에요. 마치 진화를 계속하는 생물과 같죠. 그래서 재미있어요. 작은 맛보기 컵을 한 손에 들고 맛을 보면서 오늘도 정성을 담아서 요리하고 있습니다.

스페셜 레시피, 구리하라표 돼지고기 구이

　생강과 간장으로 맛을 낸 돼지고기 구이는 누가 만들어도 맛있는 일본 음식의 대표선수입니다. 그런데 이 돼지고기 구이가 더욱 맛있어지는 방법을 아시나요? 집에서 제 레시피로 요리하면 이렇게 맛있는 돼지고기 구이는 처음 먹어 본다느니 엄청 부드럽다느니 하면서 모두가 난리입니다. 눈 깜짝할 새에 접시가 비어버리죠. 자, 이제 구리하라의 레시피 포인트를 소개할까 합니다.

　우선 구이용 고기를 소스에 푹 잠기도록 재워둡니다. 이때 고기가 딱딱해서 소스가 너무 진해지거나 물처럼 되면 맛이 그저 그래요. 더 맛있게 만들어서 남편을 기쁘게 해주고픈 마음에 이 단계에서 몇 번이고 시행착오를 했습니다. 고기 부위와 두께, 소스의 맛은 물론이고 재우는 시간과 굽는 타이밍도 신경을 써가면서 여러 번 만들다 보니 저만의 요령이 생겼습니다.

요리에 끝은 없어요. 하면 할수록 점점 맛이 좋아지죠.
제가 만든 음식을 맛있게 먹고 기뻐하는 가족들을 보면
요리가 자꾸만 즐거워진답니다.

먼저 고기 고르기부터 시작합니다. 기름이 적당하게 섞인 목심이 좋습니다. 등심은 사용하지 않습니다. 고기가 너무 두꺼우면 랩 사이에 끼워서 나무공이 같은 걸로 똥똥 두들겨서 얇게 만듭니다. 생강은 부드럽게 갈아서 소스에 넣습니다. 고기는 냉장고에서 꺼내 실온에서 살짝 녹인 다음 굽기 직전에 소스가 골고루 배도록 재워둡니다. 이 단계가 가장 중요합니다.

그다음 식용유를 많이 두르고 뜨겁게 달군 프라이팬에 올려 재빨리 구우면 완성입니다. 오늘 저녁 반찬으로 한번 해보세요. 맛은 저 구리하라가 보장합니다.

요리에 끝은 없어요. 하면 할수록 점점 맛이 좋아지죠. 저는 그렇게 믿고 매일 노력을 해왔습니다. 늘 해 먹는 반찬이라도 대충하지 않고 마치 수련을 하듯 음식을 만들면 실력도 늘 것입니다. 제가 만든 음식을 맛있게 먹고 기뻐하는 가족들을 보면 요리가 자꾸만 즐거워진답니다.

정성 가득, 미소 담그기

　달력에는 봄이 왔지만 여전히 추운 2월입니다. 우리 집에서는 매년 2월이 되면 미소🍁(일본식 된장─옮긴이)를 담급니다. 미소를 직접 담그게 된 지도 벌써 30년이 되었군요. 전업주부였을 때 친구한테 배웠는데 그 후 한 해도 빠짐없이 담그고 있습니다. 주변에 나눠 주는 것까지 고려해서 4인 가족이 2년 동안 먹을 수 있는 양을 담급니다. 너무 짜지 않게 조심합니다. 물론 첨가물을 전혀 넣지 않아서 맛도 풍미도 아주 좋다고, 저도 모르게 자랑을 하고 싶어지는 것이 바로 구리하라표 미소입니다. 제가 제 자랑을 하네요.

　흠흠, 어쨌든! 미소시루는 물론이고 오이를 박아 넣거나 구운 김에 올리면 훌륭한 안주가 됩니다. 미소는 3년 묵은 것과 5년 묵은 것을 비교하며 먹으면 재밌지만 요즘은 좋은 상태로 장기간 보존할 수 있는 저장고가 적죠. 미소는 담근 지 반년 정도 지나면 가장

향이 좋아져요. 그래서 가능하면 1년 안에 다 사용하려고 합니다.

그러고 보니 전에 살던 요코하마의 집에는 지하실이 있어서 그곳을 식기와 식품 저장고로 사용했던 기억이 납니다. 공간이 넓어서 미소도 보관하고 말린 매실과 과일주도 보관했습니다. 당시 초보 주부였던 저는 직접 만들 수 있는 것은 뭐든지 다 만들어 보고 싶어서 정말 다양한 분야에 도전했습니다. 미소 담그기도 열심히 했지요. 어떨 때는 곰팡이가 피기도 하고 남편에게 작년 게 더 맛있다는 타박을 듣기도 했습니다. 올해는 더 맛있어지라고 기원하면서 작년과 올해의 맛의 차이도 즐기고 있습니다. 담그고 나서도 가끔 상태를 확인하며 발효시키는 미소 담그기는 어딘지 모르게 아이 키우기와 닮았습니다. 만들 때마다 맛이 다르지만 늘 맛있습니다.

지친 마음을 달래주는 초콜릿

스무 살 즈음에 운전면허를 따기 위해 시모다에서 교습소가 있는 이토(伊東, 이즈반도에 있는 도시, 도쿄에서 열차로 2시간 정도 걸림-옮긴이)까지 매일 이즈 급행 전철을 타고 다녔습니다. 면허를 따고 싶어서 시작은 하긴 했지만 교습소까지 교통편이 불편해서 다니기가 참 힘들었습니다. '힘을 내려면 이것밖에 없어!'라며 돌아오는 기차에서 꼭 초콜릿을 먹었습니다. 그것도 양주가 들어간 초콜릿을 말이죠. 햇살을 받아 반짝거리는 이즈의 바다를 차창으로 보면서 은색 종이에 곱게 싸인 초콜릿을 먹는 맛을 어떻게 설명할 수 있을까요?

부드러운 럼주에 절인 건포도가 들어간 '라미'와 브랜디가 입안에 퍼지는 '박쿠스'를 좋아했습니다. 양주가 들어간 초콜릿이 당시에는 멋져 보였나 봅니다. 이 두 초콜릿은 지금도 가끔 무작정 먹고 싶어질 때가 있어서 늘 사둡니다. 45년이나 된 오랜 친구인 셈

이죠.

초콜릿으로 활력을 얻은(?) 덕분에 한 달 만에 무사히 면허를 딸 수 있었습니다. 골프를 좋아했던 아버지는 절 운전수로 삼아 골프장을 편하게 다니시려고 했는지 바로 차를 사주셨습니다. 그러고는 운전면허를 딴 지 얼마 되지 않은 제게 운전연습을 시켜주겠다며 당신이 조수석에 타시고서 거의 매일 아침 일찍부터 드라이브를 다녔습니다. 차에 타시면 주머니에서 귤을 꺼내서 "목마르지? 이거 먹어라." 하고 말씀하시며 껍질과 흰색 까실까지 곱게 떼서 제 무릎 위에 한쪽씩 올려놓으셨습니다. 새콤달콤한 귤을 먹으며 녹음이 우거진 이즈의 산들을 굽이굽이 돌았습니다. 아버지의 온화한 목소리가 지금도 귓가에 남아 있습니다.

어머니표 요리 맛의 비밀, 깨 빻기

친정집 부엌과 거실 사이를 구분 짓는 기둥에는 옴폭하게 들어 간 부분이 있습니다. 어머니가 깨 빻기를 할 때 절구가 움직이지 않도록 기둥에 대고 하다 보니 그렇게 자국이 생겼습니다. 철 냄비에 깨가 타지 않도록 잘 볶은 다음 절구에 넣고 빻습니다. 어머니의 깨 빻는 모습은 옛날도 지금도 변함이 없습니다. 그리운 어머니의 손맛이라고 하면 깨를 사용한 다양한 요리가 떠오릅니다. 아침 식사 때의 깨 미소시루를 비롯해 저녁 식사 때의 깨 무침, 깨 조림까지. 공을 들여서 자신만의 맛을 내기 위해 노력하는 어머니 에게서 가정요리가 얼마나 소중한지 배웠습니다.

절구, 나무공이, 주걱은 어머니와 평생을 함께해 온 소중한 도 구입니다. 절구는 20년 전부터 매일같이 사용하고 있지만 마치 새 것 같습니다. "사용하고 나서 수세미로 잘 씻기만 했는데."라고 어

머니께서는 아무렇지도 않게 말씀하시곤 합니다. 나무공이는 산초나무로 만든 특별주문품으로, 한 10센티미터는 짧아진 것 같습니다. 주걱도 처음에는 지금보다 두 배 정도 컸을 겁니다. 어머니가 평생을 계속해 온 깨 빻기를 우리 아이들에게도 전해 주고 싶습니다.

해마다 만드는 **여름밀감 잼**

　제가 태어나서 자란 '이즈'라는 곳은 여름밀감 산지로 유명합니다. 초여름이 되면 매년 친정에서 무농약 여름밀감을 큰 박스로 보내옵니다. 얼른 껍질을 벗겨서 여름밀감 잼을 만들죠. 껍질을 넉넉하게 넣기 때문에 마멀레이드라고 부르는 것이 더 어울릴지도 모르겠습니다. 하지만 우리 집에서는 옛날부터 여름밀감 잼이라고 부르고 있습니다.

　다들 목을 길게 빼고 기다리는 우리 집의 연중행사인 여름밀감 잼 만들기는 초여름의 즐거움 중 하나입니다. 큰 냄비에 한가득 졸여서 만들면 모두에게 나눠줍니다. 열심히 졸여서 1년 동안의 감사한 마음을 담아 신세를 진 분들에게 보내지요. 큰 병에 잼을 가득 담아서 선물을 보내면 마음이 풍요로워집니다. 그런데 사용할 때마다 병을 여닫아야 하는 이런 잼은 아무래도 상하기도 쉽습

니다. 그래서 지금은 작고 귀여운 병에 조금씩 나눠서 준답니다.

원래 이 여름밀감 잼은 제가 고등학생일 때 어머니가 친구에게 배워서 만들어 주신 것이 처음이었습니다. 친정에서는 평소에 일본 음식만 먹었기 때문에 버터 토스트에 여름밀감 잼을 듬뿍 발라서 먹었을 때의 그 감격은 잊을 수가 없습니다. 너무나도 맛있고 신선했거든요.

그래서 결혼하고 나서는 어머니에게 레시피를 배워서 직접 만들게 되었습니다. 여름밀감의 약간 쌉싸래한 신맛이 어른스러워서 좋아요. 핫케이크와 스콘에 버터와 함께 내거나 파운드 케이크에 섞거나 홍차에 넣어서 먹기도 합니다. 달콤새콤한 향기에 둘러싸여서 잼을 만들고 있자면 고향 시즈오카의 맑고 푸른 하늘과 진한 녹색의 여름밀감 나무가 떠오릅니다.

장인의 손길이 깃든 미니 프라이팬

　손바닥에 딱 들어갈 만큼 작은 철 프라이팬의 이야기입니다. 손잡이와 동그란 판이 연결된 부분이 꽉 조여진 디자인이라서 들기도 편하고 귀엽습니다. 이것은 이와테 현 오슈 시의 주물장인 오가사와라 리쿠초 씨의 작품으로, 아들 부부가 저를 위해서 사왔답니다. 쓰임의 미가 느껴진다고나 할까요. 실용적이면서도 군더더기가 없는 디자인이 아름답게 느껴집니다.

　이 작은 프라이팬에 달걀프라이를 하면 마치 호텔의 아침 식사에나 나올 법한 예쁜 아이가 완성되죠. 미니 스테이크나 햄버거도 굽고 치즈를 살짝 녹여서 에피타이저로 맛보기도 해요. 둘이서 사는 살림에는 아주 안성맞춤인 크기죠. 물론 사용하기도 편하답니다. 손에 착착 붙는데다 사용감도 좋아서 완전히 팬이 되었어요. 그래서 마침내는 프라이팬을 만든 리쿠초 씨를 만나러 오슈 시를

찾았습니다. 아마 3년 정도 전의 어느 봄날이었을 거예요.

공방에서 철과 마주하고 있는 리쿠초 씨의 모습에서 세월의 여유와 명장으로서의 기품이 느껴졌습니다. 참고로 리쿠초 씨는 당시 여든 살이셨습니다. 공방 한쪽에 있는 난로 위에서는 리쿠초 씨가 길에서 주웠다는 철 주전자가 슉슉 소리를 내면서 끓고 있었죠. 몇십 년이나 사용해 온 모루는 깊은 맛을 내며 리쿠초 씨의 옆에서 철에 대한 주인의 뜨거운 열정을 대변하고 있었고요. 조리도구와 철병, 모기장, 냄비받침 등 리쿠초 씨의 작품은 종류도 다양했지만, 무엇보다도 디자인이 상당히 모던했습니다. 아이디어가 더해진 조리 도구가 재미있다며 오니기리(일본식 주먹밥-옮긴이) 굽는 팬 등 새로운 아이디어를 잇달아 내놓는 리쿠초 씨의 열정에 경의를 표합니다.

리쿠초 씨의 철기는 제 새로운 레시피에서 대활약을 합니다. 파리에서 만난 타르트 타탱(Tarte Tatin, 독특한 프랑스식 사과파이-옮긴이)을 완성시킨 것도 바로 이 프라이팬이었죠. 사용할수록 손맛이 나는 철기는 사용하는 사람의 식탁을 풍요롭게 만드네요. 앞으로도 더욱 정성스럽게 사용할 생각입니다.

단정한 상차림을 위한 작은 지혜

어릴 때 친척 집에 놀러갔습니다. 간식거리로 달콤한 과자와 센베이가 나왔습니다. 간식거리 밑에 작고 새하얀 종이가 깔려 있었죠. 제가 돌아갈 채비를 하자 친척 아주머니는 그 종이에 남은 과자를 곱게 싸서 주셨습니다. 그 깨끗한 종이의 이름이 가이시라는 것을 알게 된 건 어른이 되고 나서였죠.

가이시는 품속에 넣고 다니는 일본 전통 종이로 보통 세 번 접어 사용합니다. 헤이안 시대(平安時代, 784~1185년)부터 사용해 온 일본의 전통 아이템입니다. 입이나 손을 닦기도 하고 접시 대신에 과자를 올리기도 하고 또 간단한 메모를 할 때도 사용합니다. 용도가 참 다양합니다. 일본 전통 기모노를 입거나 차를 마실 때 주로 사용하지만, 우리 집에서는 일본식 냅킨으로 평상시에도 사용하고 있습니다. 예를 들면 가이시를 칠기 트레이에 깔고 손님 접대

를 할 때 과자를 올리거나 편평한 접시에 깔아서 튀김이나 크로켓 등을 올리기도 합니다. 흰색의 가이시를 한 장 까는 것만으로 그릇들이 갑자기 긴장합니다. 마치 사람이 자세를 단정하게 고치는 듯 그릇도 그런가 봐요. 그런 느낌이 좋아서 손님을 접대할 뿐만 아니라 평상시에도 자주 사용합니다.

영국에서 제 책을 촬영할 때의 일입니다. 가이시를 깔고 튀김을 올렸더니 영국인 사진가와 스태프가 일본 문화는 정말 멋지다며 감탄하더군요. 일본 전통 종이의 아름다움, 아이디어가 빛나는 사용법과 지혜가 세계에서도 통한다는 사실에 기뻤습니다. 선물을 가이시로 싸서 간결하게 끈으로 묶는 일본풍 포장은 멋스럽죠. 전통 아이템의 새로운 사용법을 고안해내는 일은 늘 즐겁습니다.

산뜻한 아침 식사를 위한 식재료들

슈퍼마켓의 시리얼 코너에 가면 국산 제품부터 해외 제품까지 다양한 시리얼이 죽 진열되어 있습니다. 보기만 해도 흐뭇하죠. 오가닉 타입과 드라이 후르츠가 들어간 것 등 새로운 제품을 발견하면 사지 않고서는 못 배긴답니다. 서로 다른 종류의 시리얼을 다섯 가지 정도 사서 큰 유리병에 섞어서 넣어둡니다. 아이들이 어렸을 때 각각 다른 시리얼을 골라서 먹였더니 금방 질려 하더군요. 이때 남은 시리얼을 섞어서 먹인 이후로 우리 집에서는 몇 가지 시리얼을 섞어서 먹게 되었습니다. 섞어서 먹으면 맛과 식감이 혼합되어 더 맛있어지거든요.

우리 집의 믹스 시리얼과 레드 와인으로 조린 자두를 띄운 요구르트, 집에서 키운 채소로 만든 주스, 남편이 타준 밀크티가 제 아침 식사입니다. 믹스 시리얼은 차가운 우유를 넣어서 바삭바삭할

때 먹어야 제맛입니다. 먹고 있을 때 만약 전화가 와서 시리얼이 우유에 푹 젖어버리면 다시 만들어서 먹을 만큼 좋아합니다. 시리얼을 좋아해서 아침 식사만이 아니라 약간 출출할 때나 목욕을 했을 때 한입 탁 털어 넣기도 합니다. 딸기 철에는 숟가락으로 딸기를 으깨서 시리얼과 섞으면 향도 좋고 신선하죠.

요구르트에 올리는 레드 와인 조림 자두는 위장에 좋다고 해서 아침 식사 때 챙겨서 먹고 있습니다. 슈퍼마켓에서 파는 말린 자두를 그냥 먹지 말고 레드 와인과 물, 설탕, 시나몬 스틱을 넣어서 전자레인지에 돌리기만 해도 맛이 확연히 달라집니다. 아이스크림에 올려서 먹어도 좋고요. 좀 수고스럽기는 해도 어쨌든 만들어 두면 여러모로 쓰임새가 많답니다.

우아한 식탁을 만드는 꽃무늬 그릇

저는 벚꽃, 동백꽃, 모란 등 꽃이 피어 있는 그릇을 좋아합니다. 꽃무늬가 그려진 그릇도 좋고 꽃 모양을 한 그릇도 좋습니다. 제가 좋아하다 보니까 우리 집 식탁에 자주 올라오죠.

종종 꽃무늬 그릇에 무엇을 담아야 할지 잘 모르겠다는 말을 듣습니다. 걱정하지 말고 음식을 담아 보세요. 뜻밖에도 어떤 것과도 잘 어울릴 겁니다. 사실 꽃무늬 접시 하나, 꽃무늬 그릇 하나 있는 것만으로 식탁의 분위기가 확 살아난답니다. 아마도 꽃의 우아함 때문이겠지요. 예를 들면 양념을 올린 두부, 우엉볶음과 깨무침 등 평범한 반찬이 꽃무늬 그릇에 담기는 순간 화려하고 우아하고 맛있게 대변신을 합니다. 눈 딱 감고 뭐든지 담아 보세요. 아마 자주 손이 가는 그릇이 될 겁니다. 정 어려울 때는 콩 접시나 술잔으로 사용할 수 있는 작은 것부터 시작해 보세요.

벚꽃을 좋아하는 저는 벚꽃 모양 그릇을 특히 좋아합니다. 꽃망울, 꽃잎, 눈처럼 흩날리는 벚꽃, 늘어진 벚꽃 등 벚꽃은 아름답고 가련하고 순수한 느낌을 주거든요. 그러고 보니 예전에 살던 요코하마 집 정원에 딸아이가 초등학교를 들어간 기념으로 남편이 심은, 가지가 늘어지는 벚꽃이 한 그루 있었습니다. 그래서 벚꽃 그릇을 보면 벚꽃 아래에서 가족이 다 같이 모여 점심을 먹던 즐거운 날들이 떠오릅니다.

언제나 따뜻한 시간, 티타임

아침에 남편과 함께 밀크티를 마시는 것으로 하루 중 저의 첫 티타임은 시작됩니다. 일하는 틈틈이 녹차를 마시고, 식후에는 호지차를 마시고, 또 손님들이 오면 차를 내서 같이 마시죠. 특히 바쁘거나 피곤할 때는 더욱 정성껏 차를 끓입니다. 그럴 때야말로 마음을 담은 차가 필요하니까요. 티타임은 사람의 마음을 따뜻하게 안정시켜 주는 힐링의 시간입니다.

친정이 차로 유명한 시즈오카에 있어서 그곳 다실에는 늘 차제구가 준비되어 있습니다. 그리고 부모님은 부부 찻잔으로 하루에 몇 번이고 차를 마셨습니다. 그런 집에서 자란 저는 차라고 하면 역시 센차(煎茶. 햇빛을 가리지 않고 재배하여 새순으로 섬세하게 가공한 차—옮긴이)를 최고로 꼽습니다.

어머니께서는 차를 끓일 때는 꼭 식힘그릇을 사용하라고 어릴

바쁘거나 피곤할 때는 더욱 정성껏 차를 끓입니다.
그럴 때야말로 마음을 담은 차가 필요하니까요.
티타임은 사람의 마음을 따뜻하게 안정시켜 주는
힐링의 시간입니다.

적부터 엄격하게 가르치셨습니다. 아무리 급하고 귀찮아도 끓인 물을 일단 식힘그릇에 옮겨서 적당한 온도로 식힌 다음 사용하라는 것이죠. 그 한 번의 수고가 차의 맛을 좋게 할 뿐만 아니라, 마음의 여유까지 가져다준다는 걸 아주 오랜 시간이 지나서야 알았습니다.

사진의 차를 따르는 손은 제 손이지만 어머니 손과 너무 닮아서 깜짝 놀랐습니다. 차 맛은 아직도 어머니를 따라가지 못하고 있지만 말이죠.

어머니 못지않게 센차를 좋아하는 사람이 바로 남편입니다. 다른 건 다 서양식인데 커피를 싫어하고 센차나 홍차만 마십니다. 사진의 찻잔은 20년 전에 남편이 여행 가서 사온 부부 찻잔입니다. 둘이서 티타임을 가질 때는 꼭 이 찻잔을 사용하죠. 저에게 차는 상대방에게 마음을 전달하는 메신저입니다. 남편을 위해서, 저를 위해서, 그리고 그 누군가를 위해서 한 잔의 차에 마음을 담습니다.

누구나 맛있게 만들 수 있는 타르트 타탱

작년 초봄에 파리를 방문했습니다. 친구가 가르쳐준 생토노레의 레스토랑에서 아주 맛있는 타르트 타탱 •을 발견했습니다. 한입 먹어 보고는 정말 깜짝 놀랐죠. 사과는 달콤하게 잘 조려져 있었고, 시나몬 맛도 풍부해서 뒷맛도 아주 훌륭했으니까요.

"그래, 바로 이거야! 내가 원했던 맛이야!"

이렇게 외치고 싶을 만큼 감동적인 맛이었습니다.

집으로 돌아와서는 그때의 맛을 떠올리며 타르트 타탱 만들기에 몰두했습니다. 베니다마, 후지 등 다양한 사과 종류를 사용했습니다. 버터와 설탕의 분량을 바꿔 보기도 하고, 조리는 시간과 불 조절도 이래저래 바꿔 보는 등 아침부터 저녁까지 타르트 타탱 만들기에 여념이 없었죠. 한동안은 그랬습니다. 누구든 맛있게 만들 수 있는 레시피를 완성하기 위해서(저는 언제나 그렇게 생각하며 일을 하고 있

^{습니다)} 계속 만들다 보니 세상에나, 육십 개나 만들었지 뭡니까! 제게 타르트 타탱은 시폰케이크만큼이나 정성과 노력이 담긴 과자입니다.

　얼마 전에는 제 레시피로 타르트 타탱을 만들었다며, 아홉 살 여자아이로부터 "지금까지 먹은 것 중에서 제일 맛있어요!"라고 적힌 편지와 귀여운 사진을 받았습니다. 또 사과로 유명한 아오모리 현에 사시는 분은 타르트 타탱 만드는 과정을 일일이 사진으로 찍어서 보내 오셨고요. 그 정성에 감동하지 않을 수 없었습니다. 고맙게도 참 많은 편지를 받았습니다. 그것들을 통해 저는 좋은 기운을 흠뻑 빨아들였습니다. 그리고 모두가 타르트 타탱으로 이어져 있는 느낌이 들어 무척 기뻤습니다. 더 좋은 맛을 위해 오늘도 한번 열심히 구워 볼까요?

얼마 전에는 제 레시피로 타르트 타탱을 만들었다며,
아홉 살 여자아이로부터
"지금까지 먹은 것 중에서 제일 맛있어요!"라고 적힌
편지와 귀여운 사진을 받았습니다.

늘 감사하는 마음으로

전업주부였던 제가 요리연구가로 일을 시작한 지도 벌써 어언 30여 년이 흘렀습니다. 막 결혼하던 때 세운 인생 시나리오와는 전혀 다른 방향으로 이야기가 전개된 것이 세 가지 있습니다. 하나는 일을 하게 된 것, 또 하나는 상을 받은 것, 마지막은 영어를 배운 것입니다. 젊었을 때는 상상도 못했던 세 가지가 즐거운 전업주부로 끝날 뻔했던 인생을 180도 바꿔 놓았습니다. 지금의 제게 이 세 가지는 없어서는 안 될 활력의 원천입니다. 되돌아보면 일은 물론이고 상을 받은 것도, 영어와 만난 것도 저 혼자 힘으로는 도저히 할 수 없었던 일입니다. 다시금 사람과의 관계가 얼마나 중요한지 깨닫게 되었지요.

"하미짱이 이렇게 즐겁게 일을 할 수 있는 것은 혼자 힘이 아니란다. 사람과의 조화를 소중히 여기거라. 그리고 늘 감사하는 마음을 잊지 말아라."

돌아가신 아버지의 편지에는 늘 그런 말씀이 담겨 있었습니다. 지금까지 제가 쓴 요리책은 국내뿐만 아니라 해외에서도 출판이 되었지만, 저의 삶과 가족에 대한 생각을 정리한 것은 이번이 처음입니다. 나에 대한 이야기라니! 참으로 부끄럽습니다. 출판해도 좋을지 많이 망설였습니다. 그러나 큰마음 먹고 제 자신이 소중히 여기는 것들을 한 권에 정리하고 보니, 지금까지 지내 온 시간이 사랑스럽게 느껴집니다. 또 앞으로의 삶에도 큰 용기가 될 것 같습니다.

즐거운 일을 많이 하고 건강하고 활력이 넘치게 살면 행복해진다고 저는 굳게 믿고 있습니다. 부디 여러분도 즐거움을 많이 발견하시기 바랍니다. 이 책을 읽은 여러분이 저처럼 즐거운 일상을 보내고 또한 제 삶의 활력을 나누어 받으셨다면, 저는 그것만으로도 충분히 만족합니다.

끝으로 늘 저를 지켜봐주는 든든한 우리 가족들에게 진심으로 감사의 말을 전합니다.

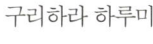 구리하라 하루미

스파이스 시폰케이크 …

(직경 20cm의 시폰 틀 1개 분량)

page 166

1. 달걀 큰 것 6개를 흰자와 노른자로 나눈다.

2. 노른자에 그라뉴당 65g을 넣고 거품기로 잘 섞는다. 그러고 나서 식용유와 물을 각각 1/3컵 넣고 잘 섞는다.

3. 박력분 120g과 베이킹파우더 2작은술을 잘 섞어서 넣고 거품기로 가루 느낌이 사라질 때까지 잘 섞는다. 커리웨이씨 1 큰술, 시나몬 1과 1/2큰술, 올스파이스 글로브 각 1작은술을 넣고 부드러워 질 때까지 섞는다.

4. 다른 그릇에 달걀 흰자를 넣고 거품을 낸다. 거품이 약간 생기면 그라뉴 당 65g을 넣고 거품기로 거품을 들어 올렸을 때 새부리 모양이 될 때까지 저 어준다.

5. '3'에 '4'의 1/3만 넣고 재빠르게 섞는다. 남은 2/3를 '2'에 나눠서 넣고 흰색이 사라질 때까지 빠르게 섞는다.

6. 틀에 부으면서 2~3회 틀을 통통 털어서 공기를 뺀다. 트레이에 올려

170℃의 오븐에서 40~45분 동안 굽는다.

7. 다 구워지면 거꾸로 뒤집어 중앙에 컵을 놓고 증기를 뺀 다음 충분히 식힌다.

8. 틀 주위와 중앙에 나이프를 넣고 조심스럽게 틀에서 빵을 뗀다. 바닥도 같은 방법으로 뗀다.

깨 미소시루 …

1. 흰깨 50~80g을 약불에서 볶다가 절구에 넣고 빻는다.

2. 냄비에 맛국물을 4컵 넣고 미소를 3~3과 1/2 큰술 풀어 넣는다. 물기를 잘 뺀 두부를 뭉개서 넣는다. 절구에 미소를 푼 국물을 약간 넣어서 깨를 잘 풀어주고 그것을 냄비에 다시 넣어서 끓인다.

page 172

page 188

생강+간장으로 맛을 낸 돼지고기 구이 …

1. 얇게 썬 목살 300g은 냉장고에서 꺼내 둔다.

2. 간장 4큰술, 미림 3큰술, 간 생강 1큰술을 섞는다.

3. 돼지고기는 굽기 직전에 1장씩 '2'에 재워둔다.

4. 프라이팬에 식용유를 두르고 뜨거워지면 재워둔 돼지고기를 넣고 재빨리 양면을 굽는다. 이때 돼지고기에서 소스가 떨어지지 않도록 한다. 채 친 양배추를 접시에 깔고 그 위에 구운 돼지고기를 올린다.

page 191

미소 …

1. 대두 3kg을 잘 씻어서 물에 하룻밤을 푹 담가
둔 다음 채에 올려서 물기를 뺀다.

2. 밀폐 가능한 보관용기를 잘 씻은 다음 소주로
내부를 닦는다. 굵은 소금은 1.2kg 준비한다.

3. 용기의 밑면과 측면에 소금을 적당히 뿌려둔다.

4. 냄비에 대두와 물을 넣고 센불에서 조린다.
조린 후에는 약불로 줄인다. 거품을 걷어가면서
부드러워질 때까지 삶는다. 도중에 찬물을 붓는다.

5. 누룩 1.8kg을 풀고 굵은 소금(마지막에 뿌릴 만큼은 남겨둔다)을 추가해서 섞어
둔다.

6. 대두가 손가락으로 집어서 쉽게 으깨질 정도가 되면 뜨거울 때 콩과 조
림 국물로 나눈다. 그리고 콩을 몇 번으로 나눠서 믹서나 절구로 콩 형태가
사라질 때까지 간다.

7. 으깬 대두에 '5'의 누룩을 섞는다. '6'의 조림국물을 적당량 추가해서 다
시 잘 섞는다. 보통 미소 정도의 점도가 되도록 전체를 섞는다.

8. 야구공 정도 크기로 동그랗게 만들어서 공기가 들어가지 않도록 치는
느낌으로 용기에 넣는다. 마지막으로 편평하게 만들어서 남겨둔 굵은 소금
을 전체적으로 표면에 뿌린다.

9. 쿠킹 페이퍼를 위에 깔고 무거운 것을 올린 다음 뚜껑을 덮는다. 이 상
태에서 반년 정도 숙성시킨다.

여름밀감 잼 …

1. 여름밀감 8개(약 3.6kg)는 껍질을 깨끗하게 씻
은 다음 벗긴다. 6개 분량의 껍질은 안쪽의 흰색
까실이를 떼고 7~8mm 길이로 자른다. 이것을

page 200

끓는 물에 넣은 뒤에 끓으면 채에 건져서 물기를 뺀다. 과육 8개 분량은 투명막을 벗겨서 과즙째로 두꺼운 냄비에 넣고 설탕 400~600g을 섞어서 잠시 둔다.

2. 과육이 든 냄비에 껍질을 섞은 다음 불에 올린다. 끓으면 약불로 줄여서 거품을 걷어내면서 1시간 30분~2시간 정도 조린다. 점도는 취향에 따라 정한다.

타르트 타탱 …

(직경 14.5cm의 내열 용기 1개 분량)

1. 홍옥 사과 3개(600g)는 4등분한 다음 심을 빼고 껍질은 벗긴다. 냄비에 넣어서 가열하고 따뜻해지면 버터 25g을 넣는다. 버터가 녹으면 설탕을 120g을 약간씩 추가해서 섞는다. 설탕이 녹아서 물기가 생기면 쿠킹 페이퍼로 덮고 약불로 10분 정도 조린다. 럼주 1큰술, 시나몬 1~2작은술을 넣고 잘 섞는다. 다시 뚜껑을 덮고 15분 정도 조린다.

2. 냉동 파이시트는 냉장고로 옮겨서 해동시킨다. 용기의 크기보다도 약간 크게 잘라서 포크로 몇 군데 구멍을 뚫는다.

3. '1'의 냄비 뚜껑을 열고 센불에서 약 3분 동안 끓여서 수분을 없앤다. 캐러멜 색이 되면 나무 주걱으로 섞는다. 냄비 바닥이 보이고 끈끈해지면 불을 끈다. 껍질이 붙은 쪽을 아래로 해서 뜨거울 때 재빨리 용기에 나열한 다음 틈을 메우듯 사과를 겹치고 남은 국물을 따른다.

4. '2'의 파이시트를 덮고 용기 안쪽에 넣는다.

5. 트레이에 알루미늄 호일을 깔고 '4'를 올려서 250℃의 오븐에서 15분 정도 굽는다. 다 구워지면 용기가 식을 때까지 잠시 둔다. 용기의 가장자리에 나이프를 넣어서 떼기 쉽게 한 다음 뒤집어서 그릇에 담는다.

매일매일
즐거운 일이 가득

초판 1쇄 인쇄 2013년 9월 1일
초판 3쇄 발행 2013년 12월 15일

지은이 구리하라 하루미
옮긴이 이은정
펴낸이 김종길
펴낸 곳 인디고

책임편집 이은지
편집부 임현주, 이은지, 이경숙, 홍다휘
디자인부 정현주, 박경은
마케팅부 김재룡, 박용철
홍보부 윤수연
관리부 이현아

출판등록 1998년 12월 30일 제7-186호
주소 (132-898) 서울시 도봉구 창4동 9번지 한국빌딩 7층
전화 (02) 998-7030
팩스 (02) 998-7924
이메일 bookmaster@geuldam.com
페이스북 www.facebook.com/geuldam4u
블로그 http://blog.naver.com/geuldam4u

ISBN 978-89-92632-73-7 03830
책값은 뒤표지에 있습니다.
잘못된 책은 바꾸어 드립니다.

이 도서의 국립중앙도서관 출판시도서목록(CIP)은 e-CIP홈페이지(http://www.nl.go.kr/ecip)와
국가자료공동목록시스템(http://www.nl.go.kr/kolisnet)에서 이용하실 수 있습니다.
(CIP 제어번호 : 2013015974)

글담에서는 참신한 발상, 따뜻한 시선을 가진 기획 아이디어와 원고를 기다리고 있습니다. 작품 혹은 기획안을 한
글이나 MS Word 파일로 작성하여 이메일로 보내주시기 바랍니다. 출간 가능성이 있는 작품에 대해서 개별적으로
연락을 드립니다.